Storia di Ismael

che ha attraversato il mare

Coordinamento editoriale: Valentina Deiana
Coordinamento grafico: Marco Santini
Coordinamento tecnico: Maria Rosa Puca
Illustrazione: Camilla Pintonato

Prima ristampa: luglio 2014
Corso della Vittoria, 91 – 28100 Novara
www.deagostinilibri.it

Stampa: PuntoWeb s.r.l., Ariccia 2014

Francesco D'Adamo

Storia di Ismael

che ha attraversato il mare

DeA

CAPITOLO 1

Chiamatemi Ismael.

Mia madre era una beduina delle sabbie, mio padre un pescatore berbero della costa. Non so come si siano conosciuti e cosa li spinse, un giorno, a unire in matrimonio le loro vite così diverse. Di queste cose non si è mai parlato nella mia famiglia, per pudore, per riservatezza, per rispetto della volontà di Dio.

Immagino, però, che sia stata la carovana con cui viaggiava mia madre a decidere, un autunno, di spingersi fino quassù, oltre il limite del deserto e delle montagne, fino al mare e alle sue schiume, forse per cercare il sale, forse per vendere polvere d'oro e amuleti.

Una volta arrivati e sciolti i dromedari che potevano brucare liberamente le felci della riva, drizzate le tende ed esaudita l'ultima preghiera della sera, una volta accesi i fuochi, forse ci fu una festa notturna, e mia madre danzò al suono dei tamburi e dei flauti.

Sono sempre state libere le donne delle sabbie.

Mio padre forse era là, oltre la linea dei falò, con il suo odore di alghe e di squame, insieme agli altri giovani del villaggio, a guardare, a ridere, a sentirsi battere forte il cuore per quella ballerina.

O forse mia madre e mio padre si videro nella mezza luce che precede il sorgere del sole, quando cala il vento e il mare è piatto e liscio.

Mio padre, con i suoi compagni di pesca, stava trainando la barca sulla rena per poi affidarla alle onde e caricare a bordo le reti, le fiocine, le nasse, due bottiglie d'acqua dolce, una forma di pane.

Mia madre – che ancora non era mia madre – forse si stringeva nel mantello di lana per ripararsi dall'umidità del mattino e, cercando di tenersi nascosta sul limitare dell'accampamento, dove ormai si erano spente le ultime braci dei fuochi notturni, lo vide: era scuro, mio padre, tozzo, muscoloso, e così rimase sempre, fino a quando ne ho memoria.

Mio padre, nel buio, di lei poté vedere solo i grandi occhi luminosi e spavaldi, ma bastò, perché è degli occhi di una donna che ci si innamora, dicono.

Mia madre guardava quelle cose nuove, il mare, le creste delle onde, l'infinito della distesa d'acqua che era come quello delle sabbie – ma diverso – e ne ebbe paura, penso, come sempre ne ho avuta io.

Ma poi mio padre – che ancora non era mio padre – saltò sulla barca, ritirò l'ancora, si allontanò piano piano verso l'orizzonte, quasi senza smuovere l'acqua con il movimento dei remi, e all'ultimo momento, prima di scomparire, si girò e la salutò con la mano.

Così mi immagino io, ma non lo so per certo. Tutto quello che so è che si sposarono, che alla festa partecipò l'intero villaggio e che poi la carovana ripartì, portando con sé i dromedari dai fianchi larghi e pasciuti e dalla gobba colma d'acqua, e i basti carichi di merci. Mia madre rimase nella capanna sulla spiaggia e di sicuro non pianse: le donne delle sabbie non piangono mai.

Mio padre e mia madre erano molto giovani e piuttosto poveri allora, ma non sapevano di esserlo e quindi i primi anni insieme furono ragionevolmente felici.

Ogni mattina, prima del sorgere del sole, le barche si allontanavano, con qualunque tempo e vento, e rientravano la sera, con alterna fortuna, a volte cariche, a volte no. A quei tempi, però, il mare era ancora ricco e generoso, e ciò bastava.

«Una volta» mi raccontò mio padre «la nostra barca non prese nulla per dodici lunghissimi giorni. Noi calavamo le nasse, gettavamo le reti, impugnavamo le fiocine, ma il mare era azzurro, vuoto e muto. La sera rientravamo senza una preda e gli altri, invece, avevano fatto pesca abbondante.

«"Sarà per domani" dicevamo. Ma il giorno dopo era lo stesso. Ci spingevamo sempre più in là, dove le altre barche non avevano il coraggio di arrivare, verso le coste della Talia; e una volta incontrammo una barca taliana nella solitudine delle acque. La vedemmo in lontananza mentre ci veniva incontro, un punto all'orizzonte che si avvicinava sulle onde, e ci chiedemmo: "Chi sarà?"

«Non era mai successo prima. Era una barca verde e asciugata dal sole, con il fasciame coperto di sale. Non era molto diversa dalla nostra, ma immagino che i pescatori siano uguali in tutto il mondo. Una barca è una barca, e il mare è il mare.»

«Vi dissero qualcosa?»

«Ci dissero: "Andate via". Ci facevano grandi gesti. "Andate via!" continuavano a gridare. Non c'era pesce per tutti, credo. E comunque quello era il loro mare, se il mare è di qualcuno.»

«E poi?»

«Poi la sfortuna finì, le reti tornarono a riempirsi. Forse, però, non fu solo sfortuna.»

«E cosa fu, padre?»

«Una profezia. Tu credi alle profezie?»

«Certo, e anche al malocchio e alle formule magiche di mamma e...»

«Fu una profezia, un segnale che il mare era stanco, stanco come un vecchio che per tutta la vita ha dato e poi non può più. Non lo capimmo. E come potevamo, del resto?»

Mio padre mi fece quel racconto quando il mare aveva già cominciato ad ammalarsi, facendosi ogni giorno sempre più grigio, cupo, lento e vischioso, proprio come un vecchio. Noi calavamo le reti, ma quelle risalivano cariche solo di alghe fradice e morte.

I miei primi anni di vita, però, furono felici.

Al compimento del mio terzo compleanno, mio padre mi portò fuori a conoscere il mare: ero figlio di pescatore e pescatore sarei diventato.

Mi caricò sulla barca, io e lui da soli, e cominciò a remare verso il largo.

Io guardavo alle mie spalle la linea della costa farsi sempre più sfumata e distante e la nostra casa scomparire nella foschia e poi, girandomi dall'altra parte, le onde che sfioravano la chiglia e la distesa sterminata attorno a me che si confondeva con il cielo, dappertutto.

Non avevo paura, no, ma un'inquietudine mi attraversava come un colpo di vento.

Ho sempre avuto un rapporto speciale con mio padre e l'ho molto amato, eppure mi sono sempre sentito molto più figlio delle sabbie che del mare.

Ma al mare era legato il mio destino, evidentemente. L'ho dovuto attraversare e con lui ho attraversato la morte e ne sono ritornato.

Questo vi voglio raccontare.

Mio padre smise di remare, si bagnò la testa con l'acqua, sotto il sole cocente, prese un grosso canapo dal fondo della barca, me lo legò attorno alla vita, lo strinse bene, mi sollevò in alto e mi disse: «Adesso nuota».

Mi gettò in acqua, e io scesi nell'azzurro, giù giù, sempre più a fondo, con gli occhi aperti e i pugni stretti in quel grande e inaspettato silenzio. Continuai a scendere fino a quando mio padre non mi issò a bordo tirando il canapo con grandi bracciate.

«Nuota!» mi disse e mi rigettò in acqua.

Imparai a nuotare.

Dopo pochi mesi ero già un nuotatore provetto. Poi imparai a tuffarmi dalla barca, a riempirmi i polmoni d'aria e a rimanere sott'acqua mentre mio padre, lassù, scandiva i secondi. Quando riemergevo mi diceva: «Bene!», oppure: «Male!», e in quel caso riprovavo.

In seguito imparai a riconoscere le creature del mare, a calare le nasse, a filare la lenza, a sventrare il pesce con un solo colpo di coltello e a mangiarlo crudo, condito con il sale incrostato sulla chiglia, quando la barca restava immobile nella bonaccia e la costa era troppo lontana per raggiungerla a remi.

Diventai un pescatore perché così era scritto: mio padre era un pescatore, anche mio figlio sarebbe diventato un pescatore, e il figlio di mio figlio dopo di lui.

La mia vita era scandita dal vento, dalla marea, dalle burrasche. Era una vita che mi piaceva; non ne desideravo un'altra o, perlomeno, non avevo fantasia per immaginarne una diversa.

Solo ogni tanto sognavo le sabbie e le dune che si muovono e si spostano seguendo il vento, proprio come le onde, e le sorgenti delle oasi e i dromedari accovacciati a ruminare sotto il bianco della luna.

Non conoscevo il deserto e conoscevo bene il mare: pensavo al primo come a una grande quiete appena mossa dal soffio caldo del ghibli; e al secondo invece...

Non potevo avere paura del mare – ero un pescatore! – eppure, tutte le volte che lo guardavo nel profondo sentivo crescere dentro di me la stessa inquietudine che avevo provato la prima volta. In quello assomigliavo a mia madre: lei non salì mai sulla barca, in nessuna occasione.

Ogni mattina, prima dell'alba, preparava la colazione per me e per mio padre e ci guardava caricare la barca e partire. La sera ci aspettava sulla riva.

Se era in ansia non ce lo fece mai capire. Sono certo che anche quella sua diffidenza verso il mare fu un presagio del destino che mi attendeva.

Ma il destino è solo la volontà di Dio, e chi siamo noi per opporci?

CAPITOLO 2

Quando avevo due anni nacque la mia prima sorella: il giorno prima non c'era, il giorno dopo era lì. Una notte, quando di anni ne avevo cinque, arrivò la seconda. Mi svegliai al suono del suo vagito.

In occasione della nascita della mia seconda sorella, la casa sulla spiaggia crebbe. Vennero tutti gli amici di mio padre e, in una sola notte, al chiarore della luna, edificarono una nuova stanza, con mattoni e calcina e un tetto di ondulato verde. Era una camera completamente bianca, dentro e fuori, e noi ragazzi, per qualche anno, ci dormimmo dentro tutti insieme, mescolando paglericci e stuoie, fino a quando non divenni grande ed ebbi diritto al mio letto da uomo. Allora la stanza bianca divenne la camera delle donne, per il pudore.

Terminato il lavoro, gli uomini si misero a sedere sulla spiaggia, ridendo contenti e bevendo birra. Mio padre era andato a comperarla allo spaccio del paese, gestito da un francese molle, affaticato e insofferente al caldo, che era arrivato come colono e non era andato più via, neanche dopo la rivoluzione e l'indipendenza.

Si chiamava Yves.

Yves teneva le cassette di birra nel retro del suo negozio, appena nascoste da vecchi fogli di giornale.

Bere birra non era proibito, ma era peccato.

Quella volta mio padre e i suoi amici peccarono per più di un'ora, fumando e chiacchierando, e sembravano contenti. Poi armarono le barche e uscirono in mare.

Dopo la nascita della mia seconda sorella la nostra casa non fu più benedetta.

Rimasi l'unico figlio maschio. Credo che la cosa dispiacesse a mio padre, perché un altro maschio avrebbe significato un aiuto in più per la barca; ma quel fatto non cambiò mai il suo amore nei confronti di mia madre.

Tutti i miei coetanei avevano fratelli e anch'io avrei voluto averne uno.

Con un fratello avrei potuto giocare, parlare, ogni tanto fare a pugni. A un fratello più piccolo avrei potuto insegnare le cose che mio padre insegnava a me: come bilanciare la fiocina e lanciarla con uno scatto secco della spalla; come scoprire i pesci con l'aculeo velenoso che si annidano traditori sotto la sabbia dove l'acqua è più bassa; dove erano i posti in cui ancora crescevano i coralli rossi che una volta erano molti di più, come una foresta sottomarina.

Forse è perché non ho avuto un fratello che sono cresciuto silenzioso, o forse ho solo preso il carattere di mio padre.

Con le mie sorelle giocai, da piccolo, ma non era la stessa cosa. Le vedevo poco perché stavano soprattutto con mia madre e, passata la curiosità iniziale, non mi interessai più a loro in maniera particolare.

L'unico momento che continuammo a condividere era la sera, prima di addormentarci, quando nella stanza bianca, sistemate le stuoie, le coperte colorate e i cuscini di pelle decorati con perline azzurre e bianche, mia madre accendeva la lampada, la velava con una sciarpa sottile, la appendeva in alto in modo che ne filtrasse solo un tenue cono di luce, e ci diceva: «Ecco, adesso siamo nella nostra tenda».

Fuori, all'improvviso, il vento diventava caldo e trasportava la sabbia e aveva un respiro completamente diverso da quello del mare. Certe volte i dromedari sciolti venivano ad affacciarsi alla nostra finestra, bramivano e noi ridevamo.

Mia madre ci raccontava il deserto, gli inganni della Fata Morgana e l'acqua delle oasi che arrivava dal ventre della terra e non dal cielo come la nostra; ci spiegava che era proprio per quello che aveva un sapore particolare.

«Quale sapore?»

«Sapore di ventre.»

E poi ci raccontava le storie dei predoni delle sabbie e quelle degli uomini senza volto che vivevano nel deserto più profondo.

«Come? Non hanno il viso?»

«Nessuno sa se ce l'abbiano veramente. Lo nascondono sotto una sciarpa blu. Sempre. Qualcuno li chiama gli uomini azzurri, e sono considerati grandi combattenti.»

Io sognavo di incontrare un giorno uno di quegli uomini misteriosi e di togliergli la benda con cui si nascondeva per scoprire se aveva una faccia come tutti oppure no.

«Guai!» diceva mia madre. «C'è una maledizione grande per chi lo fa.»

Una sera di pioggia ci raccontò delle Montagne Antiche che si trovano lontano dalle piste delle carovane. Un luogo che in pochi hanno visto. Là il deserto non è di sabbia ma di pietra, e anche le montagne sono tutte di pietra, altissime e taglienti come rasoi: quelle vette sono lì da sempre, da quando esiste il mondo.

Mia madre le aveva viste quando era solo una bambina: suo padre l'aveva presa per mano e l'aveva fatta salire su quelle Montagne, saltando di masso in masso, seguendo un cammino che conosceva. Ogni tanto si fermava e le chiedeva: «Hai paura?»

Mia madre rispondeva: «No», perché non aveva paura di niente. Era una figlia delle sabbie, lei.

Erano saliti fino al cielo, così trasparente da togliere il respiro: tutto il mondo attorno era solo silenzio e luce fin dove arrivava lo sguardo.

Il padre di mia madre le aveva detto: «Guarda».

Là avevano trovato i Disegni e i Simboli incisi sulla roccia e sulle pareti di una caverna così grande da contenere un intero accampamento.

«E cosa sono?» chiesi a mia madre, interrompendo il suo racconto.

«Nessuno lo sa. Sono le parole e la saggezza degli uomini che un tempo vivevano in quel posto.»

«Quanto tempo fa?»

«Tanto. Forse il mondo era appena nato.»

«E cosa vogliono dire?»

«Nessuno lo sa.»

Mia madre si ricordava ancora uno di quei Simboli: prese un carboncino e lo tracciò sul muro. Era un Simbolo misterioso. Io lo guardavo tutte le sere prima di addormentarmi e spesso sognavo le Montagne Antiche e quella salita verso il cielo, saltando di masso in masso.

Poi, un giorno, il Simbolo è scomparso, cancellato dal tempo, dall'umido e dalla salsedine.

Ho trascorso l'infanzia esplorando la spiaggia e qualche volta il paese, cacciando le lucertole e gli scorpioni, imparando il mestiere di mio padre, frequentando il mare e sognando i misteri del deserto.

Per tre anni sono andato a scuola.

Ci mettevano tutti in uno stanzone fresco e ombroso, i più piccoli assieme ai più grandi, e ci facevano sedere a terra a gambe incrociate con una lavagna, un gesso, un libro di letture consumato. Un anziano maestro, vestito sempre con uno spolverino nero, cercava di insegnarci i segreti dell'alfabeto e non tollerava che parlassimo arabo: solo francese.

Ogni tanto, per spronarci, usava una verga.

Non ci andai spesso e non imparai molto.

Un giorno mio padre decise che era giunto il momento per me di aiutarlo stabilmente sulla barca.

Avevo nove anni, ed era nell'ordine delle cose.

Mio padre aveva due soci per la pesca. Uno era un vecchio pescatore con le mani macchiate dal sole e un berrettino liso. Una mattina si bloccò sulla soglia della sua capanna, cadde a terra e non si rialzò più: sopravvisse altri due anni, ma gli rimase un tremito che gli scuoteva la parte sinistra del corpo. Fino alla fine tutti nel villaggio gli portavano qualcosa. Io presi il suo posto sulla barca.

L'altro socio di mio padre era Youssuf: era ispido e orbo da un occhio, ma nessuno come lui sapeva avvistare i banchi di pesce quando cambiavano direzione sott'acqua. Diceva che erano come una nuvola sommersa, una nuvola nera e argento e verde sulle squame. Quando li vedeva, Youssuf gridava: «Di là, di là!», e mio padre manovrava la vela o dava mano al remo, mentre io, a prua, stavo pronto con la rete, che gettavo solo dopo aver udito il segnale dell'orbo: «Ora!» La rete si gonfiava – quando andava bene – e, mentre andavamo alla deriva, la tiravamo a bordo – issa! issa! – e ne rovesciavamo il contenuto sul fondo. Allora la barca diventava tutta animata, lucida e viva.

Il giorno della mia prima uscita, mia madre mi diede in segreto un amuleto e mi disse di tenerlo sempre al collo perché mi avrebbe protetto dalle insidie del mare. La gente delle sabbie è così: superstiziosa. Io non me ne separai mai e rispondevo all'occhiata maliziosa di Youssuf dicendo che era un regalo di mia madre.

Mio padre, Youssuf e io uscivamo tutti i giorni, con qualunque tempo e stagione. Ero diventato un bravo pescatore, mi ero irrobustito: presto sarebbe arrivato il giorno in cui anch'io avrei potuto peccare sulla spiaggia, una volta all'anno, forse due, bevendo birra e fumando. Non facevo più caso al mare e alle sue profondità, ma non imparai ad amarlo.

La sera mio padre portava il pesce pescato in paese e qualche volta mi permetteva di accompagnarlo. Attraccavamo la barca al vecchio molo perforato di patelle e disponevamo le cassette con il ghiaccio tritato in fila sulle pietre corrose.

«Non ti muovere» mi diceva mio padre; poi andava a portare le cose migliori al padrone del *restaurant*, un egiziano naturalizzato sempre molto distinto, che portava il fez e un'elegante giacca bianca su dei ridicoli pantaloni a sbuffo. Si faceva crescere l'unghia del mignolo sinistro e per fumare usava un lungo bocchino.

Il *restaurant* era stato un locale elegante ai tempi della colonia: i più anziani raccontavano che sulla grande terrazza affacciata sul mare c'erano tavoli coperti da tovaglie di lino, file di bicchieri di vetro scintillanti, più posate di quante una persona normale potesse pensare di usare nel corso di una sola cena e camerieri con la giacca rossa.

All'entrata c'era un immenso bancone del bar dove gli uomini sedevano a prendere l'*aperitif* prima di cena, circondati da decine di lampade elettriche con la luce così bassa che non si riusciva a vedere dentro il bicchiere. Si racconta che ci andassero gli stranieri e tutte le persone più importanti.

Io non riuscivo a capire perché la gente andasse a bere

qualcosa che non poteva vedere, né a cosa servissero così tante lampadine che facevano poca luce.

Noi a casa avevamo un'unica lampadina per stanza, che da poco aveva sostituito il lume a petrolio.

Quando mio padre mi aveva portato a visitarlo, il *restaurant* non era più così elegante. Era vecchio, come tutto lì attorno, e aveva pagato il suo tributo al mare, alla salsedine e all'incuria. Le tovaglie erano fradice, i tavolini zoppi e i camerieri ingobbiti.

C'erano solo tre coppie che stavano cenando – vecchie anch'esse, di europei intristiti e silenziosi – e non ho mai visto altri clienti.

Ma il proprietario manteneva la sua aria distinta e il suo fez e continuava a comperare il pesce migliore.

«Certo» sospirava l'uomo «non è più come prima.»

Ogni tanto mio padre tornava dal *restaurant* quando ormai si era fatto buio e nelle strade le luci erano già accese: quelle volte dal suo alito capivo che aveva peccato. Mio padre peccava un po' più spesso di quanto volesse farmi credere, ma credo che fosse colpa del paese, della sua tristezza e della sua malinconia.

Io vendevo il resto del pesce alle donne che arrivavano frettolose e velate, e aspettavo il ritorno di mio padre seduto sul molo con le monete che mi tintinnavano nelle tasche.

Guadagnavamo quel tanto che bastava.

Un anno che le cose andarono bene mio padre confabulò a lungo con Yves e una sera tornò a casa reggendo tra le braccia una radio che avrebbe tenuto compagnia alle donne. Poi si frugò con aria misteriosa nelle tasche del caffettano ed estrasse una seconda radio, così piccola che poteva quasi stare nel palmo di una mano. Da allora ce la portammo in barca: potevamo sentire la musica, voci straniere, scariche elettriche, il notiziario.

L'orbo sosteneva che il *rock 'n roll* faceva fuggire i pesci, ma non era vero.

Questo prima che il mare si ammalasse e che le sue acque spandessero il morbo come una lebbra.

CAPITOLO 3

Il mare si ammalò nella primavera dei miei tredici anni. All'inizio pochi se ne accorsero, come quando un uomo ha qualche linea di febbre e pensa: *passerà*.

L'acqua diventò cupa e lenta, cambiava colore di continuo; i banchi di sgombri invertivano il loro passaggio e gli uccelli marini gridavano anche di notte, a volte per ore.

«È la natura» diceva mio padre, ma era inquieto e si consultava con i pescatori più anziani.

Nessuno di loro aveva mai visto nulla di simile. Parlavano a lungo, scuotevano la testa, sputavano in mare e poi tornavano a guardare le onde.

Giorno dopo giorno le alghe attaccate alla chiglia della barca si fecero più fitte e più forti, poi crebbero ancora, occuparono il mare che divenne marrone e si riversarono sulla spiaggia. Erano viscide e malsane.

Aspettammo che seccassero, poi noi ragazzi ricevemmo l'incarico di raccoglierle ogni giorno in grandi mucchi e di bruciarle. Lo prendemmo come un gioco.

Ma più ne bruciavamo più il mare ne rovesciava a riva, nel tentativo di liberarsene. Smettemmo di combatterle.

Marcivano e puzzavano. Entrarono perfino nelle case. Ogni tanto la burrasca le riportava nel ventre del mare.

«Forse è l'ultima volta» dicevano gli uomini.

Poi, però, le onde ce le restituivano. Cominciammo a trovare i primi pesci morti che galleggiavano sull'acqua o che, sbattuti a riva, agonizzavano in mezzo alla poltiglia. Qualcuno li raccoglieva ugualmente con il retino a mano, rideva e diceva: «È una benedizione di Dio, è come la manna dal cielo. Adesso sono i pesci che vengono a cercare noi».

Perfino i bambini li raccoglievano al mattino e poi correvano a portarli nelle loro case.

Mio padre non volle mai toccarli.

«Tu bestemmi» gli diceva qualcuno. «Questo è un regalo del Cielo.»

«Sono malati» replicava lui ostinato. «Il pescatore pesca, non raccoglie.»

Ma il pesce diventava più scarso di giorno in giorno e bisognava andarlo a cercare ancora più lontano. La sera si rientrava sempre più tardi, con il buio, e qualche volta non si rientrava affatto e la barca rimaneva leggera.

Poi si disse che un pescatore di un villaggio vicino, che per giorni aveva mangiato quel pesce inviato dal Cielo, si fosse ammalato e che avesse una febbre strana e blu, mai vista prima.

«È blu» dicevano «ha le mani blu», e ti agitavano le mani davanti alla faccia.

E poi si disse che si fossero ammalati anche i suoi figli, prima il maggiore, poi gli altri, e che solo le femmine ne fossero immuni.

Ma nessuno poteva dire di averlo visto e allora, forse, era una favola.

«Chiacchiere.»

Infine arrivarono le meduse, e per cinque giorni il mare ribollì di acido e di ustioni.

Io stesso ne vidi una grande più di un metro, un immenso e mostruoso cappello di gelatina gettato a riva dalle correnti, che sembrava respirare piano. Quando lo percossi con un bastone, esplose e non ne rimase niente.

In paese le donne velate rimanevano diffidenti davanti alle cassette: scrutavano a lungo le branchie, l'occhio, le squame, mettevano le mani nel ghiaccio tritato, incerte, e poi offrivano sempre meno.

Ma il pesce rimaneva per tutti l'alimento principale. Sano o malato che fosse, lo mangiammo.

Il padrone del *restaurant* si fidava solo di mio padre, ma anche lui ormai acquistava con parsimonia.

«Girano strane voci» diceva infilandosi un'altra sigaretta nel lungo bocchino.

«Quali?» chiedeva mio padre con il berretto in mano. «Cosa sta accadendo? Lei è un uomo che ha studiato.»

L'uomo con il fez si guardava furtivamente in giro, si versava svelto un bicchierino di acquavite, beveva tutto d'un fiato e sospirava.

«Nessuno lo sa» sentenziava «ma come è arrivata questa malia, così passerà.»

Mio padre ce lo ripeteva la sera a tavola: «Passerà».

«Sono state le ciminiere» disse mia madre.

Mio padre la guardò: a differenza di quasi tutti i mariti, aveva grande rispetto per sua moglie e la sapeva ascoltare. D'altronde mia madre non si velava come le altre donne e si truccava gli occhi con l'*henné* tutte le mattine: aveva mantenuto negli anni quell'aspetto selvatico e spavaldo che hanno le donne delle sabbie. Non si sottraeva ai suoi doveri e parlava poco.

«Le ciminiere» ripeté mio padre.

Ci pensò tutta la notte ma non riuscì a capire. Le ciminiere non stavano nel mare; le ciminiere non producevano pesce malato, alghe infette, bolle di acido ustionante; le ciminiere appartenevano a un altro mondo, non al suo.

Il suo era un mondo semplice, circoscritto: il villaggio sulla riva del mare, dodici barche che uscivano ogni mattina e rientravano al tramonto; il paese tre chilometri più in là, con il suo molo, una piccola medina, il *restaurant*, l'ufficio postale in cui era entrato una sola volta, con grande imbarazzo, per ritirare un documento che non sapeva leggere e di cui nessuno aveva saputo svelare il mistero, lo spaccio di Yves in cui ci recavamo una volta al mese, perché bisognava ben comperare i fiammiferi, la farina, il sapone di Marsiglia, uno scampolo di stoffa per mia madre.

Mio padre sapeva dell'esistenza di altri mondi, naturalmente: sapeva delle montagne e del deserto di sabbia al di là di esso, e che dall'altra parte del mare c'erano la Francia, la Talia e altri paesi di cui non ricordava il nome. Sapeva che esistevano sia perché ogni tanto qualcuno ne parlava, dicendo che aveva laggiù un parente o che ne era appena tornato un lontano cugino; sia perché, anni prima, aveva assistito a tre partite del Campionato del Mondo di calcio davanti al grande televisore nel salone del *restaurant*: delle squadre, però, si ricordava solo il Brasile. Sapeva anche di un calciatore chiamato Zizou che vestiva la maglia della Francia, ma quello non era un bene perché Zizou non era francese, ma berbero, come noi.

«Un giorno» mi promise «ti porterò a vederlo.»

Io chiesi ai meglio informati in quale giorno si giocava il Campionato del Mondo di calcio, e loro mi risposero: «Ogni quattro anni, non lo sai?»

Quattro anni sono un tempo lunghissimo da contare, come si fa?

Ma le ciminiere...

Apparvero una mattina, all'improvviso. Erano lontane, sulla costa verso la grande città: tre linee sottili che a malapena si distinguevano nella bruma dell'orizzonte e che sbuffavano fumo. Nessuno si chiese cosa facessero.

Appartenevano a un altro mondo, appunto, e rimasero là, nel paesaggio di tutti i giorni.

«Le ciminiere» ripetè Yves, colto di sorpresa dalla domanda di mio padre. «Voi mi chiedete delle ciminiere.»

Stava infilando due barattoli di conserva in un robusto sacchetto di carta marrone.

«Sì» disse mio padre.

«E perché?»

Mio padre rimase in silenzio: non si può parlare delle bizzarrie delle donne.

«Le ciminiere, *oui*.»

Yves scomparve nel retro del negozio, dove teneva nascoste le cassette di birra. Ne ritornò spianando un giornale, controllò che nel negozio non ci fosse nessun altro e ci mostrò una pagina.

Mio padre non sapeva leggere, io forse sarei riuscito faticosamente a compitare i titoli scritti a grandi caratteri.

In fin dei conti, la verga del maestro era servita a qualcosa. Ma non ce ne fu bisogno: c'era una fotografia e riconoscemmo le ciminiere.

«Ecco qua» disse Yves abbassando la voce. «Qua c'è tutto. Tutto.»

Abbassò ancora la voce: «Sono dei porci!» Veramente disse di peggio.

«Chi?» chiese mio padre.

«Come chi? Loro. Sono sempre loro. Sono arrivati anche qui.»

Non capivamo.

Yves parlò per mezz'ora, tra l'odore di sapone e carrube, si infervorò, agitò le mani, si asciugò il sudore. Ogni tanto leggeva qualche frase del giornale.

«Vedete? Vedete? C'è scritto qui. È tutto vero. Tutto documentato. Ma nessuno lo sa.»

La fabbrica. Gli stranieri, ci spiegò.

«C'è un tubo» disse. «Immaginatevi un tubo.»

«Sì.»

«Ma grande. E lungo.»

«Quanto?»

«Chilometri. Chilometri. Lungo più della distanza che c'è tra la vostra casa e la mia bottega. *Compris?*»

«*Compris.*»

Ma non riuscivamo a immaginare un tubo così lungo. Conoscevamo solo il tubo dell'acquedotto, che portava l'acqua alla fontana e alle case, ma non era così grande.

«Il tubo è nel mare» spiegò Yves «come un serpente. E come un serpente è velenoso. Loro scaricano in mare tutto. Tutto.»

«Che cosa?» chiese mio padre.

Yves pronunciò dei nomi strani. Non capivamo.

«Cos'è?» domandò mio padre.

«Veleno» disse Yves «veleno chimico. C'è tutto scritto qui», e batteva con vigore l'indice sul foglio di giornale per sottolineare le sue parole.

«Cosa succederà?» chiese ancora mio padre sull'uscio della bottega.

Io stringevo al petto il sacchetto di carta marrone con i barattoli della conserva. Mia madre avrebbe fatto la moussakà, quella sera. Fuori il sole stava precipitando in mare, l'orizzonte e i muri delle case erano tinti di rosso.

«Il mare morirà» disse Yves. «Il pesce morirà, noi moriremo.»

«È la volontà di Dio» rispose mio padre.

«No, è la volontà degli uomini» replicò Yves.

Ci era sembrata una sentenza inappellabile.

Tornammo a casa con quel nome in testa: veleno chimico, ma se ce lo avessero chiesto, non saremmo stati in grado di spiegarlo.

Mia madre preparò la moussakà e non ci chiese niente. In qualche modo, credo lo sapesse già.

CAPITOLO 4

Tre giorni prima di morire mio padre mi portò a vedere Zizou. Per due anni avevamo combattuto inutilmente contro la malìa che faceva inaridire il mare, ma non eravamo riusciti a contrastare né la volontà di Dio né quella degli uomini. Ogni giorno ci spingevamo sempre più al largo con le barche, ma tornavamo sempre più vuoti.

Mio padre aveva provato a spiegare la storia del veleno chimico agli altri pescatori del villaggio: lo avevano ascoltato con grande attenzione, perché mio padre era un uomo stimato che parlava raramente e mai a sproposito. Ogni tanto, quando non trovava le parole o si imbrogliava, si rivolgeva a me.

«Ismael» spiegava «era con me quando il francese mi ha mostrato il giornale. Non è ancora un uomo, ma lo conoscete e sapete che non ha più la stoltezza dei ragazzi.»

Loro facevano segno di sì.

Io arrossivo e cercavo di suggerire a mio padre la parola giusta ma non sempre era facile trovarla. Eravamo persone semplici, abituate a chiamare per nome solo le cose che conoscevamo e le cose che conoscevamo erano poche.

Ascoltarono mio padre fino alla fine, poi rimasero in silenzio, sputarono in mare e prepararono le barche. Non è che non gli credessero: semplicemente non c'era niente che potessero fare.

Il giorno in cui mio padre mi portò a vedere Zizou era l'estate del '98. Da quattro giorni non c'era un alito di vento e le barche non potevano uscire. Il mare era piatto e pesante, il cielo una lastra, l'afa insostenibile.

Mio padre mi fece mettere gli abiti migliori e le scarpe, perché – mi spiegò – quella era la finale del Campionato del Mondo e il vincitore sarebbe diventato Campione del Mondo. Giocavano il Brasile e la Francia, e tutti dicevano che il Brasile era una grande squadra, imbattibile. Nella Francia, però, c'era Zizou, che non avrebbe dovuto vestire la maglia francese perché non era francese, ma berbero, come noi. E Zizou era il più grande e avrebbe fatto vincere la Francia e – un pochino – anche noi. Così dicevano tutti.

Il proprietario del *restaurant* aveva fatto a mio padre l'onore di invitarci.

«E allora mettiti le scarpe.»

Le scarpe mi facevano male perché non ero abituato a portarle, ma non avevo mai visto una partita di calcio – anche se conoscevo le regole, più o meno – così me le misi, insieme alla camicia con il colletto alto che mi strozzava.

Ci avviammo lungo la spiaggia, sotto la calura e la sferza del sole. La sabbia era bollente e macchiata di felci appassite, pesci morti e alghe secche. Le nostre scarpe scricchiolavano e le camicie si macchiarono di sudore.

Ricordo che mio padre si fermò, si asciugò la fronte con il fazzoletto, guardò quel paesaggio devastato, il mare piatto e marrone, senza onde, che veniva a morire a riva, e disse: «Sì, credo che appena arrivati ci berremo una birra fredda. Poi pregheremo un po' di più stasera».

Non pensate male di mio padre: era un uomo pio e scrupoloso che mi ha insegnato a essere sempre onesto, a dire la verità e a fare l'elemosina. Quella birra che ci dividemmo – io ne bevvi due sorsi – nel salone del *restaurant*, impacciati e timidi davanti allo schermo del televisore in mezzo a tutta quella gente che gridava e si agitava e urlava: «*Allez blues*», fu il suo ultimo, piccolissimo peccato.

Forse anche Dio, che è Misericordia, stava guardando Zizou che diventava Campione del Mondo e non se ne accorse o – comunque – lo perdonò.

«I brasiliani sono quelli con la maglia colore dell'oro» mi spiegò mio padre che di calcio – in realtà – ne sapeva quanto me.

«E Zizou? Qual è Zizou?»

«Quello pelato.»

«Quale?»

«Quello, guarda!»

Vidi un giocatore con la maglia della Francia che ballava in mezzo ai brasiliani: aveva pochi capelli e i piedi troppo grandi. Era bravo, sì, ma rimasi deluso.

Era bianco!

Non era scuro di pelle come noi.

«Avevi detto che era berbero!» protestai con mio padre.

«Lo è.»

«Ma non è scuro!»

Mio padre ci pensò un po' su. «È perché lui non sta tutto il giorno al sole come noi» spiegò.

Ma come danzava Zizou con la palla al piede! Non la perdeva mai. E come infilò per due volte la porta dei brasiliani con quel suo capoccione spelacchiato!

Tutti attorno a noi gridavano: «*Allez, allez!*», e anche noi gridammo. Alla fine eravamo Campioni del Mondo e il merito era tutto suo, di Zizou!

Io ero leggermente brillo, mi girava la testa per la partita, per quei due sorsi di birra fredda, per la vicinanza di mio padre, per il salone del *restaurant* che sembrava brillare tutto, come ai bei tempi.

Il padrone – l'egiziano – gettò in aria il fez e gridò: «*Vive la France!*» E sì che dalle nostre parti la Francia nessuno l'ama molto – per via della colonia, mi avevano spiegato.

Quando tornammo a casa, mia madre non capì il nostro entusiasmo e la nostra eccitazione, ma le donne – si sa – certe cose non le capiscono. Durante la cena, ogni tanto, io e mio padre ci guardavamo di nascosto da sopra il piatto, ammiccavamo e dicevamo: «*Allez!*»

La mattina dopo uscimmo con la barca, per vedere se c'era qualcosa. L'aria e il mare si confondevano ed erano di piombo. Mi tuffai con la fiocina e una murena mi morse.

Due giorni dopo ero sdraiato sul letto, con il piede gonfio e fasciato che spurgava pus. Durante la notte sentii il vento che si alzava dopo sette giorni di bonaccia, urlante e cattivo, e il mare riversarsi a riva.

Youssouf e mio padre prepararono la barca.

Saltellai fino alla porta per vederli partire. Il vento e le prime gocce di pioggia mi investirono. Sapevo che si sarebbero spinti lontano, più lontano di quanto fossimo mai andati, perché non potevano fare altrimenti.

Sapevo che ci sarebbe stata tempesta.

Mia madre accese la luce e rimase alla finestra fino a quando l'ultima barca della flottiglia non scomparve, inghiottita dal buio.

Il vento rinforzò tutto il giorno.

La sera, al rientro, mancavano due barche.

Aspettammo tutta la notte.

Mi trascinai fino a riva con il mio piede avvelenato, avvolto in un mantello – forse lo stesso con cui si era riparata mia madre la prima volta che vide l'uomo che sarebbe diventato mio padre.

La tempesta passò e il mare ritornò calmo.

Non restituì nulla.

Avevo perso mio padre.

Possedevamo solo una barca, quattro nasse, un groviglio di reti, la fiocina e avevamo perso tutto. Mi era rimasta solo la radiolina a transistor.

Gettai in mare anche quella.

CAPITOLO 5

Non si fanno funerali per i pescatori morti in mare. Mia madre si coprì il capo per una settimana, poi si strappò il velo con rabbia.

Io non ebbi neanche il tempo di piangere e di maledire il mare. Solo una notte uscii, zoppicando ancora sul piede morso dalla murena, strappai un fascio di giunchi sottili dalla riva e lo flagellai a lungo, con rabbia, fino a quando non mi rimasero che le spalle indolenzite, le membra fradice e la grande, sonora indifferenza dei cavalloni che mi risuonava nella testa.

Cercai di lavorare sulle altre barche: ogni tanto qualcuno mi faceva fare una giornata, più per compassione che per bisogno. Sempre per compassione, ogni giorno qualcuno lasciava un piatto con due pesci davanti alla nostra soglia.

Andai a parlare con Yves, all'emporio, vincendo il mio mutismo e la mia timidezza. Lui mi mostrò le ceste con le carrube avvizzite, i sacchi di spezie che perdevano il profumo, le farine infiorate di muffe, le quattro merci allineate sugli scaffali, il vago sentore di chiuso e di abbandono del suo negozio.

Non c'era lavoro per un'altra persona.

Andai dall'egiziano. Si tolse il fez in segno di rispetto e mi disse il suo dolore per la scomparsa di mio padre.

«Imparerò» gli dissi. «Diventerò un bravo cameriere.»

Sospirò, si versò un bicchierino di acquavite. Sulla terrazza bagnata e cigolante della sala da pranzo le solite tre coppie straniere mangiavano in silenzio con il tovagliolo legato al collo.

«Vai in Francia» mi disse «o in Italia.»

«Di là del mare?»

«Sì.»

«Come ci vado?»

«C'è chi ti porta.»

«Cosa farò?»

«Quello che Dio vorrà. Il pescatore, forse. O ti prenderanno in una fabbrica. Avrai una tuta e un mestiere.»

«Cos'è una fabbrica?»

«Le ciminiere» disse lui «quelle sono una fabbrica.»

«Non voglio.»

Quella notte pensai molto. Pensai al viaggio, alla solitudine, a una fabbrica come quella che aveva ucciso il mare e mio padre, a un altro paese, ad altra gente.

Qualcuno mi disse: «Non si può andare in Talia. Ti mettono in prigione e poi ti mandano indietro».

Un altro mi spiegò che c'era un punto lungo la costa, su una spiaggia oltre il nostro paese, dopo la grande città, da dove ti portavano in Francia o in Talia con le barche, a volte con le navi. C'erano uomini che lo facevano per mestiere.

«Ci vogliono cinquecento dollari» mi dissero anche.

Io non sapevo quanti fossero cinquecento dollari, ma non li avevo.

Sapevo però che quel viaggio lo avevano fatto in tanti, spinti dalla povertà, e che qualcuno era rimasto e qualcuno era tornato.

Mi dissero che il figlio del fabbro, su nella medina, aveva fatto il viaggio un anno prima, forse due.

Lo trovai seduto all'ombra in fondo al vicolo. Era un ragazzo più grande di me, con pochi denti e la testa rasata. Scacciando le mosche mi rispose a monosillabi. Era apatico e distratto.

Sì, aveva fatto il viaggio.

No, non sapeva dove lo avevano sbarcato.

Ma com'era? E la gente?

Non sapeva. Ricordava che c'era una giostra. Una giostra con i cavalli che girava con la musica. E la gente, sì, era strana.

Strana come?

Strana.

Ma aveva trovato lavoro? In una di quelle... fabbriche?

No.

Cos'aveva fatto?

Andava in giro. Stava nascosto.

Perché?

Documenti.

Quali documenti?

Non sapeva.

Era rimasto sei mesi. Forse di più.

E poi?

Lo avevano trovato e rimandato a casa con una nave, una nave grande e bella, con una fontana che buttava acqua fresca che aveva bevuto tante volte. Lo avevano fatto dormire sul ponte e non aveva pagato. Gli era piaciuto.

E poi?

Non sapeva.

Si avvicinava l'autunno e il vento sollevava la rena in mulinelli. Preparai le mie cose, praticamente niente.

L'egiziano arrivò con la sua automobile che si era coperta di polvere nell'ultimo tratto di sterrato. Ne scese come al solito inappuntabile, con la giacca bianca e i suoi ridicoli pantaloni a sbuffo. Percorse ansimando la striscia di sabbia che lo separava dalla casa e mi chiese cerimoniosamente il permesso di entrare.

Mia madre e le mie sorelle si ritirarono nella stanza bianca delle donne. Dalla finestra si vedeva solo l'azzurro.

Lo feci sedere all'unico tavolo e gli consegnai il cofanetto con i gioielli della dote di mia madre.

Non so se valessero cinquecento dollari.

Ho il sospetto di no.

Lui contò due mucchietti di soldi. Erano banconote verdi tutte della stessa grandezza; non so come facesse a distinguerle.

Prese il mucchietto più piccolo.

«Questi sono cinquanta» mi disse «serviranno a tua madre e alle tue sorelle. È un prestito che restituirai sul tuo onore.»

«Mia madre non sa contare in dollari» dissi.

«Li darò a Yves. Lui terrà i conti.»

«Sì.»

Prese il mucchietto più grande: «Questi sono cinquecento per il tuo viaggio. Nascondili nelle mutande. Che la Misericordia di Dio ti assista».

Feci così.

Un pick up che puzzava di letame mi raccolse qualche chilometro dopo il paese e mi diede un passaggio lungo la strada che si snodava sulla costa e portava verso la grande città. Il conducente era un magrebino con la maglietta della Coca Cola: per tutto il viaggio urlò, sbraitò, imprecò, suonò il clacson e maledisse gli antenati di tutti coloro che pretendevano di percorrere la strada davanti a lui, sporgendosi dal finestrino rotto e facendo fischiare le gomme lisce a ogni curva.

Mi lasciò usare la radio che alternava scoppi di musica a lunghe scariche statiche, ma non mi rivolse mai la parola. Si bloccò di colpo in mezzo alla strada per farmi scendere e mi affidò a un vecchio tutto grinze che faceva trascinare ai suoi buoi un carro di fieno. Proseguimmo piano piano, il fieno era fresco e profumato.

Il traffico lungo la strada costiera era pesante, frenetico e dominato dall'ululare dei camion che si lasciavano dietro lunghe scie di fumo nero. Quasi tutti avevano dipinto sulla fiancata il nome di una società straniera. Ero sicuro che ci avrebbero travolto.

Il vecchio era timido, ogni tanto si voltava a guardarmi. Voleva farmi delle domande, probabilmente, ma non osava. Io, del resto, non sapevo cosa dirgli: era la prima volta che uscivo nel mondo e avevo paura.

Quando, un'ora dopo, mi lasciò a un bivio e lo vidi imboccare una stradina di sassi che conduceva a qualche valle laggiù, tra la polvere e i ciuffi di palme da dattero, fui sul punto di dirgli: «Portami con te, per la Pietà di Dio!», e sono sicuro che l'avrebbe fatto continuando a non chiedermi niente.

Aspettai sul ciglio della strada che qualcuno mi raccogliesse, perché era troppo pericoloso avventurarsi a piedi.

Un pezzo alla volta proseguii, salii e scesi da automobili e furgoni, da carri e motociclette. Vidi una cisterna rovesciata sul ciglio della strada che riversava un liquido oleoso sulla carreggiata e, attorno, gente che si agitava e urlava: «Attenti, attenti!», e alle mie spalle una colonna di fumo nero che non spariva più. Continuai a guardarla, curva dopo curva.

Il sole cominciava a declinare, la città era sempre più vicina e sempre più grande, la mia casa sempre più lontana.

Mi diede un passaggio uno studente dell'Università che guidava a zig zag nel traffico un'automobile sportiva nuova fiammante. Mi disse che l'Università era occupata da più di un mese, che gli studenti erano in agitazione e che non avrebbero mollato, e me ne spiegò le ragioni.

Non capii niente.

«Tu dove vai?» mi chiese.

«Di là del mare» risposi.

«Sbagli» mi disse. «È qui che devi restare. È questo il tuo paese.»

Mi offrì una sigaretta che rifiutai, poi una gomma americana. È una cosa strana che si appiccica ai denti e pizzica. Mio padre mi aveva sempre comperato le caramelle allo spaccio di Yves. Quand'ero piccolo, però.

«Quanto manca?» gli chiesi.

«Siamo quasi arrivati.»

Poi la vidi: le stavamo sfilando accanto. Per prima cosa avvistai le tre ciminiere.

«Ferma! Ferma!» gridai.

«Ma dove vuoi andare, matto?»

«Fermati!»

La fabbrica era immensa. Si estendeva per chilometri sulla riva del mare: era un serpente di tubi che si aggrovigliavano, di serbatoi sterminati e di luci che si accendevano nel crepuscolo, ed esalava vapori come il respiro di un animale. Attorno era tutto grigio, come bruciato, e c'erano migliaia di gabbiani che urlavano e si azzuffavano sul mare morto, scendendo a sfiorare le onde.

In cima alle tre ciminiere c'era una fiamma che bruciava sempre. L'odore impregnava le cose, l'aria e l'asfalto molle, e mi entrò nei polmoni. Era sicuramente il veleno chimico che aveva ucciso il mare e mio padre e che forse avrebbe ucciso anche me se fossi rimasto lì.

Rimasi ugualmente, per non so quanto tempo, con le

mani strette sulla cancellata nera che circondava la fabbrica. Non vidi nessuno, neanche una presenza umana. Forse la fabbrica funzionava da sola.

Le fiamme non smisero di bruciare, i camion con le scritte straniere sulla fiancata arrivavano facendo stridere i freni, sterzavano all'improvviso buttando fumo e calore ed entravano da un largo cancello che si apriva al suono del clacson.

Guardavo la fabbrica e cercavo di capire.

Non ci riuscii.

Cercai in tutti i modi di capire.

Forse lo studente universitario mi avrebbe saputo spiegare. Forse avrei dovuto chiederglielo.

Io non potevo capire.

Con me avevo solo un fagotto pieno di biancheria e un rotolo di soldi sconosciuti nelle mutande per comperarmi un'altra vita.

Percorsi a piedi gli ultimi chilometri.

Arrivai in città che era già buio.

Ho pochi ricordi della città: ero stanco, stordito, impaurito. Era enorme, caotica, rumorosa, piena di gente, di luci, di odori. Era come qualcosa che non si ferma mai e che urla. Mi feci sballottare dalla folla. Ricordo un uomo grosso, con la barba, che forse mi seguì; quattro ragazzi della mia età che fumavano sigarette profumate sotto a un portone e che dissero qualcosa; un kebap con le insegne al neon rosse e verdi che si accendevano e si spegnevano in continuazione.

Rimasi davanti alla vetrina dieci minuti: avevo paura di tirare fuori i miei soldi, non sapevo il valore di quella moneta straniera, mi avrebbero imbrogliato e derubato. Avevo fame.

Seguii la spiaggia, il rumore del mare era l'unico che mi fosse familiare. Era una spiaggia ciottolosa, ingombra: c'erano barche che sembravano abbandonate, edifici oscuri, case costruite a metà, con i ferri che sporgevano dai mattoni, un paio di falò da cui mi tenni lontano.

Entrai nella zona del porto, seguii le stradine strette e scivolose.

Chiesi informazioni a un uomo, l'ultimo cliente rimasto di un caffè con i tavolini all'aperto in uno slargo minuscolo e senza luci. Le case attorno erano buie, i rumori lontani.

L'uomo aveva davanti a sé una pila di piattini che indicavano le consumazioni e un calice che sapeva di alcool.

Dovetti ripetergli la domanda due volte.

«Segui la spiaggia» mi disse. «Li troverai.»

«Dove?»

Fece un gesto vago e continuò: «Li troverai».

«E come li riconoscerò?»

«Oh» mi disse «li riconoscerai. Sei pescatore?»

«Sì.»

«Sono come gli squali. Hai mai combattuto contro gli squali?»

«Una volta. Erano due. Avevano sentito l'odore del pesce e del sangue e avevano circondato la barca. »

«Anche questi sentono l'odore del sangue.»

Il caffè stava per chiudere. Un cameriere mezzo addormentato, con il tovagliolo sudicio sotto l'ascella, aspettava in piedi, appoggiato allo stipite della porta, in mezzo alle cannucce della tenda, che l'uomo terminasse la sua consumazione e se ne andasse.

Ma l'uomo non aveva fretta. Forse non aveva un posto dove andare, come me.

Mi ero già avviato quando mi richiamò: «Ragazzo».

Tornai indietro.

«Quanti anni hai?»

«Quasi quindici.»

Sperai che aggiungesse qualcosa, che so, qualcosa tipo: «Buona fortuna».

Non disse niente.

Li trovai, in effetti, quattro chilometri più in là, lungo la spiaggia, dopo essermi lasciato alle spalle le luci della città. Non so quanti fossero: probabilmente centinaia.

La luna si era alzata.

La spiaggia era una lunga distesa di corpi neri addormentati, ognuno abbracciato al proprio fagotto. Passai silenziosamente in mezzo a loro, sembravano morti. Da qualche parte un bambino piangeva nel sonno ed era l'unico rumore.

Mi cercai un angolino, mi rannicchiai sulla rena fredda: sentivo l'umido e il salmastro del mare. Provai a pensare a casa ma non mi veniva, non so perché.

Pensai invece a Zulima, la terza figlia di Akim, il pescatore muto. L'avevo vista solo tre o quattro volte, perché le donne rimanevano sempre in casa – per il pudore. Aveva due anni meno di me. La ricordavo bambina, quando andava assieme alle altre a prendere l'acqua alla fontana, il mattino presto. Questo prima che costruissero l'acquedotto che portava l'acqua direttamente nelle case.

Non le avevo mai parlato.

Era un pensiero strano, era la prima volta che lo facevo.

Forse perché a quindici anni si è quasi uomini e si comincia a pensare di mettere su famiglia. Forse avrei dovuto aiutarla a reggere la brocca, qualche volta.

Mi sarebbe piaciuto avere quel ricordo da portarmi dietro, l'immagine di me che la seguivo con la brocca dell'acqua – anche se la gente avrebbe mormorato.

Ma forse sarebbe stato un ricordo troppo pesante per la barca su cui dovevo salire il giorno dopo.

CAPITOLO 6

Mi svegliarono i primi raggi del sole e il rumore della folla.

Ero ancora intontito dal sonno: vidi i morti che si alzavano lentamente dai loro giacigli improvvisati, sorgendo dalla sabbia, uno alla volta, infreddoliti e lenti; li vidi che si ripulivano gli abiti e i capelli con gli arti rigidi e le facce bianche, che ripiegavano il mantello o la coperta con cui si erano riparati dall'umido della notte.

I morti, pensai proprio così, ma ero solo uno sciocco ragazzo, e quel pensiero era solo il frutto dell'impressione della sera precedente, nient'altro.

Erano soprattutto uomini soli, di tutte le età. C'era anche un vecchio, con la barba bianca a punta e il turbante mezzo sciolto, seduto su un tappeto da preghiera, che si massaggiava le gambe intirizzite.

Dove va un vecchio? Cosa va a cercare oltre il mare?, pensai.

Ma c'erano anche intere famiglie, alcune donne erano velate, altre no, e c'erano i bambini. Era pieno di bambini.

Mi alzai e, prima di trascinarmi al sole, cercai un posto

isolato dove poter urinare senza vergogna, ma la spiaggia era piatta e spoglia, non offriva nessun riparo. Mi allontanai il più possibile e feci quello che facevano tutti gli altri.

Intanto saliva il clamore delle voci e si sentivano tutte le lingue, tutti i dialetti: c'era chi veniva dalla costa e chi dalle montagne; c'era chi arrivava da molto lontano e aveva viaggiato per giorni, molti addirittura venivano dai paesi del sud, quelli oltre la distesa delle sabbie.

Un ragazzo selvatico e nero mi spiegò – più a gesti che con le parole – che lui e la sua famiglia aspettavano da tre giorni accampati sulla spiaggia.

«E quando arrivano le barche?» chiesi.

«Non si sa» mi disse un uomo calvo vestito con un abito logoro e stazzonato. «Loro arrivano. Caricano. Tutti aspettiamo e confidiamo in Dio.»

Chi aveva del cibo si preparava a mangiare; vennero accesi alcuni fuochi.

La spiaggia era cosparsa di pezzi di legno lavorati dal mare, umidi e leggeri.

I falò facevano molto fumo.

Siccome la pietà dei poveri è sempre più grande di quella dei ricchi, trovai chi mi sfamò: era una famiglia che arrivava dai monti dell'Atlante e aveva provato per anni a spezzare il fianco della montagna a colpi di zappa per coltivarla e ricavarne cibo. La moglie esibiva senza imbarazzo una pancia arrotondata dalla maternità. Lei e il marito avevano quattro figli che sedevano immobili al loro fianco.

Non sapevano dove sarebbero andati.

«Ovunque» disse il padre, che aveva mani enormi.

Mi spiegò che il figlio più grande era rimasto a casa, a lavorare sugli altipiani per i coltivatori di papavero e i mercanti di oppio: doveva pagare il debito di suo padre e della sua famiglia per la traversata.

«Ma lo riscatteremo presto» disse l'uomo. «Io sono forte, lavorerò.»

Mangiai il loro pane.

«Lavorerò» ripeté il padre.

Il vecchio con la barba a punta si alzò in piedi sul suo tappeto – era tutt'ossa – e chiamò alla preghiera, come un muezzin. Aveva una voce debole e spezzata: all'inizio nessuno sembrava sentirlo, ma lui continuò a salmodiare, con il turbante che gli si era completamente sciolto e gli pendeva dalla fronte come una benda sporca di sabbia; poi, uno alla volta, tutti lo udirono e si inginocchiarono.

Così onorammo la prima preghiera del giorno davanti al sole che nasceva, ci chinammo a toccare con la fronte quella sabbia tiepida e sporca e recitammo le formule di rito.

Non ne trassi nessun conforto.

Il sole saliva nel cielo, l'aria era sempre più calda, la sabbia divenne bollente. Non c'era ombra, non c'era acqua. Scrutavamo il mare ma non vedevamo barche.

Durante il giorno giunse altra gente e la folla si ingrossò: continuavano ad arrivare, da soli o a piccoli gruppi; potevamo vederli da lontano arrancare lungo la spiaggia, alcuni trascinando degli enormi fagotti.

«Quelli non saliranno mai» mi disse un giovanotto con l'aria furba. «Tu sai come funziona?» mi chiese.

Mi si sedette accanto, come se fossimo vecchi amici.

«Non c'è posto per i bagagli. Li lasceranno a terra. Molti resteranno a terra.»

«Non prendono tutti?» domandai preoccupato.

«Non c'è posto per tutti. Che ti credevi? Questi sono gli ultimi giorni disponibili, poi il mare cresce e la traversata non si può più fare.»

Quello lo sapevo.

«Bisogna essere svelti quando arrivano le barche. Svelti e furbi. Loro prendono prima le donne e i bambini, perché pagano di più.» Ammiccò. «Chi ha famiglia vuole portarsela dietro, capisci? E per farlo paga.»

«Tu come lo sai?» chiesi.

«Si sa. Tu ce li hai i soldi?»

Mi feci prudente. «Ce li ho.»

«Dammi venti dollari» disse «e ti faccio salire tra i primi.»

«Non ce li ho venti dollari.»

«Dammene dieci.»

Scossi la testa.

Lui si alzò, si pulì la sabbia dalla camicia.

«Stupido campagnolo» disse. «Resterai a terra.»

Si allontanò e lo vidi che parlava con un uomo dall'aria ancora più smarrita della mia, che lo ascoltò corrugando la fronte sudata.

Il calore cresceva, il sole aveva occupato tutto il cielo: si sentiva l'odore di corpi sudati, di feci, dell'immondizia sparpagliata in giro dalle moltitudini che nei mesi precedenti avevano vissuto la nostra stessa attesa.

Le barche non arrivavano.

Avrei voluto gettarmi in mare per alleviare quella sofferenza ma non sapevo dove lasciare i soldi.

Mi bagnai i piedi, le mani, la testa. Fui uno dei pochi a farlo. All'inizio non capii il perché, poi mi accorsi che tutti si tenevano prudentemente lontani dalla riva: nessuno sapeva nuotare, molti vedevano il mare per la prima volta.

Mi accoccolai a terra, coprendomi la testa in qualche modo.

Le barche non arrivavano.

Mi assopii, mi risvegliai. Avevo le labbra screpolate.

Scoppiò una lite, a un certo punto: degli uomini si affrontarono con i pugni.

Feci un breve sogno confuso in cui c'erano tante facce pallide che mi guardavano attraverso l'acqua verde.

Fui risvegliato dalle grida: «La nave! La nave!»

Vidi che tutti si accalcavano sulla riva gridando, spingendosi e indicando qualcosa con il braccio teso.

Una nave era comparsa all'orizzonte e avanzava lentamente verso di noi. All'inizio scorsi solo il suo fumaiolo, da cui usciva un pennacchio di fumo, poi la sagoma divenne sempre più grande e più nitida nella foschia del pomeriggio.

«La nave! La nave!» gridavano tutti.

Rinunciai a farmi largo nella ressa, mi strinsi al petto il mio fagotto e controllai che il rotolo dei soldi fosse ancora al suo posto. Attorno a me tutti ridevano e parlavano perché l'attesa era finita.

La nave! Impiegò quasi un'ora ad accostare a riva: era un ammasso di ferro nero corroso dalla ruggine e dal tempo, slabbrato dalla furia del mare, che cigolava e tremava in tutte le strutture mentre cercava di manovrare nella marea che saliva. Era lenta e pesante, un enorme pesce morto sballottato dalle onde, come quelli che venivano a morire davanti alla nostra capanna.

Sul ponte c'erano quattro uomini, che calarono in acqua due lance a motore e vennero a riva. Due rimasero sulle lance, gli altri due sbarcarono.

Subito la folla li circondò urlando, piangendo, supplicando, spingendo avanti i bambini: c'erano centinaia di mani protese che mostravano i soldi, agitando mazzi di banconote sgualcite e sudate.

I due Squali a riva sentirono l'odore del sangue.

Ci fecero venire avanti a uno a uno, guardarono i soldi con disprezzo, contrattarono, bestemmiarono, frugarono nei fagotti.

«Tu no» dicevano «tu sì.»

Chi era stato scelto si avventurava in acqua nel riflusso della marea – gemendo di paura, scivolando, cercando di tenere in alto i bambini – e saliva sulle lance.

«Tu no, tu sì.»

Quando le lance erano stracariche partivano verso la nave.

Il montanaro dell'Atlante che mi aveva sfamato riuscì a imbarcarsi con la famiglia. Vidi la moglie che tentava di arrampicarsi sulla scaletta viscida della nave con la sua pancia rigonfia e i bambini attaccati alla veste.

Vidi un uomo precipitare in mare e dibattersi tra le onde.

Non so quanti ne caricarono.

Centinaia.

Ne caricarono oltre ogni limite.

Era tardo pomeriggio quando le nave nera ritirò sferragliando l'ancora, riavviò a fatica le caldaie, eruttando un fumo denso che invase la spiaggia, e si girò puntando la prua verso il mare aperto. Per un attimo parve che non ce l'avrebbe mai fatta.

Poi partì. La gente pendeva a grappoli fuori delle murate. Noi a riva rimanemmo a guardare quelle facce indistinte, quel groviglio di braccia e di mani che ricopriva il ponte e si agitava.

La nave si allontanò piano piano.

Non avevo nemmeno provato a salire. Ero solo un ragazzo spaventato, in fondo.

Eravamo rimasti in un'ottantina.

Uno dei due Squali rimasti a terra doveva essere straniero, perché parlava un arabo stentato.

«Tu dove vuoi andare?» mi chiese.

Dovette ripetermelo due volte.

«In Talia» mormorai.

«In Talia?»

Trovò la cosa molto divertente. Si mise a ridere.

«Ti porto io in Talia. Hai i soldi?»

Cominciai a frugarmi nelle mutande.

Anche quello lo divertì molto.

«Mille dollari» mi disse.

«Io non ho mille dollari.»

«Tu no.»

Ne caricò venti sulla prima lancia. Era una barca poco più grande di quella di mio padre, potevano starci sei persone, forse otto.

Ne fece salire altri trenta sulla sua, che era più grande. Avviò il motore e si mise al timone.

Si avvicinava il tramonto. Il vento trascinava vecchi panni abbandonati e sacchetti di plastica sulla sabbia. I gabbiani calavano per banchettare con i nostri avanzi.

«Tu quanti soldi mi dai?» mi chiese.

Glieli feci vedere.

«Sali!» mi disse.

Entrai in acqua, mi arrampicai a bordo e la barca ondeggiò paurosamente.

Gli altri si strinsero ancora di più per farmi posto. Riuscii a sistemarmi a prua con le gambe piegate contro il petto e il mio fagotto dietro la schiena.

Lo Squalo provò ad avviare il motore due o tre volte. Alla fine partì tossendo.

«Talia» ci disse sempre ridendo. «Vi porto in Talia!»

L'altra scialuppa si allontanò da noi, seguendo chissà quale rotta. Per un po' continuammo a vederla che sobbalzava appena sopra il pelo delle onde.

I suoi passeggeri, proprio come noi, non alzarono neanche la testa.

Poi la perdemmo di vista.

Dalla mia posizione vedevo la spiaggia e la linea di costa che si allontanavano, ma non era come quando le osservavo dalla barca di mio padre. Provai a ruotare il collo e a guardare alle mie spalle.

C'era il mare, naturalmente.

Avevo paura.

Invidiai quelli che, respinti, erano rimasti a terra a piangere sulla loro sfortuna.

CAPITOLO 7

Vedete, ero un pescatore.

Per sei anni avevo accompagnato mio padre ogni giorno e mi ero abituato a osservare le cose, la natura.

Per cui non fu un presagio.

Non fu l'amuleto di mia madre che portavo legato al collo e che mi pungeva sotto la camicia.

Non furono nemmeno la stanchezza, la fame, la sete o lo stordimento.

Non fu il dolore alla schiena per la posizione scomoda – ero schiacciato contro la prua con gli spruzzi delle onde che mi inzuppavano i vestiti – o le gambe immobilizzate che non sentivo più.

Non fu il fetore della barca – era impossibile accostarsi ai bordi e orinare in mare senza rischiare di rovesciarsi e allora ognuno faceva ciò che in altre condizioni non avrebbe mai fatto.

C'erano tre donne a bordo e si adattarono anche loro a quella pratica immonda. C'erano cinque bambini e il vecchio con il turbante e la barba bianca che aveva chiamato la preghiera del mattino sulla spiaggia e che ora sedeva al centro della barca, immobile e tutt'ossa, come assente, stretto al suo tappeto che chissà come era riuscito a portarsi a bordo.

Non c'era un centimetro di spazio.

C'erano il silenzio che solo il mare sa dare e il tossire del motore a nafta che ogni tanto calava, sembrava doversi fermare e poi riprendeva.

Sput sput sput.

Non fu nulla di tutto questo.

I ricordi sono una cosa strana. Alcuni sono come i pesci imprigionati che scappano da uno strappo della rete e non tornano più. Altri sono come pietre e appesantiscono l'anima per sempre.

Ricordo ancora perfettamente, dopo anni, i pensieri che mi attraversarono la mente durante le prime ore di navigazione, mentre ero tra la luce e il buio, tra l'acqua e il cielo che cominciavano a non distinguersi più.

Ancora adesso ogni tanto mi sveglio di notte e, al debole chiarore della lampada che lascio sempre accesa accanto alla stuoia, le mie gambe sono insensibili per l'immobilità, e la mia schiena bagnata dagli spruzzi delle onde e sento l'orrore che rivivrei, se solo avessi il coraggio di ruotare ancora una volta la testa e di guardare quello che mi aspetta – come feci sulla barca.

Ismael, calmati, non sei in mare, sei nella tua casa, sei

disteso sulla tua stuoia, mi dico e allora, un po' alla volta, le gambe iniziano a formicolare e a riprendere sensibilità, la pelle si asciuga, il respiro ritorna normale.

Ma ancora adesso non ho il coraggio di ruotare la testa e guardare verso il mare aperto. Se anche lo facessi, in realtà, vedrei solo la tranquillizzante parete della mia tenda e un tessuto di seta scadente, comprato al bazar, che ho appeso per ornamento.

Nient'altro.

Ma non ho il coraggio.

Ero un pescatore, l'unico su quella barca che avesse già navigato in mare.

Non sapevo quanto fosse lontana la Talia.

Mio padre mi aveva raccontato di aver incontrato una barca taliana quella volta che si era spinto molto più al largo di quanto fosse mai andato, per sfidare la malasorte che non gli riempiva le reti. Forse quello voleva dire che in una notte e un giorno di navigazione – o poco più – saremmo potuti arrivare.

Non erano molto una notte e un giorno.

Ma la lancia su cui viaggiavo era sovraccarica e instabile, le onde sciabordavano sui bordi, e noi imbarcavamo acqua. Lo Squalo al timone, che sonnecchiava sopra il cassone del motore con la camicia imbottita dai nostri soldi e il timone sotto il braccio, era un idiota che non sapeva condurre una barca: a ogni ondata lo scafo beccheggiava violentemente e rischiavamo di rovesciarci. I miei compagni di viaggio si tenevano aggrappati come potevano, e guardavano l'acqua che diventava sempre più nera. Nessuno aveva il coraggio di chiedere qualcosa.

Quando vidi le prime nuvole correre nel cielo, oscurare la luna e cancellare le stelle, capii che avremmo viaggiato nelle tenebre con un pilota inesperto e senza un punto di riferimento che ci aiutasse a tenere la rotta, a trovare la strada.

Il mare s'ingrossava, poco alla volta. La lancia oscillava e saltava.

Qualcuno cominciò a gemere.

È normale, pensai, *stiamo affrontando il mare aperto.*

L'avevo fatto tante volte.

Non ti girare, mi dissi, *non guardare oltre la prua.*

Sulla costa non si vedevano più brillare le luci della città, eravamo troppo lontani. Ormai eravamo lontani da tutto.

Il motore tossiva e perdeva colpi.

Da bambino avevo sognato la grande città tante volte, come fosse stata un luogo da favola, che come le favole un po' ne hai voglia, un po' ti fanno paura.

Ma quando nella grande città c'ero stato per davvero, non avevo visto niente.

Ma vedrò le città della Talia, pensai, *e chissà come sono.*

Arrivò un'onda lunga. L'idiota spense il motore, e l'onda ci investì in pieno, facendo rollare e beccheggiare la lancia; l'acqua ci schiaffeggiò. Una donna gridò, un bambino si svegliò e si mise a piangere.

Dalla poppa giunse la risata dello Squalo: «Vi porto in Talia, sì». Forse era ubriaco.

Riavviò il motore.

Avrà fatto questo viaggio decine di volte. È gonfio del nostro denaro. Non rischierà. Perché dovrebbe?

Ero un pescatore. Forse avrei dovuto rincuorare i miei compagni, fare loro coraggio e dire: «State tranquilli, io lo so, io sono un uomo di mare».

Non ti girare, non guardare oltre la prua.

Mi girai, e non avrei dovuto farlo.

Ogni notte, quando mi sveglio alla luce della mia lampada, e tremo e non mi sento più le gambe, mi ripeto: *Perché l'hai fatto? Perché ti sei girato?*

Mi girai.

All'ultimo bagliore della luna, prima che fosse del tutto oscurata e prima di precipitare nelle tenebre, feci in tempo a vedere le nuvole che correvano gonfie nel cielo, il mare che tremava e cambiava colore, l'acqua sollevarsi e la cresta schiumosa delle onde che giungevano da lontano.

Era la tempesta.

Pensai a mio padre.

Guardai i miei compagni di viaggio: erano impauriti ma ignari.

Io ero l'unico a sapere con certezza che sarei morto.

Questa è la più grande delle solitudini.

Dio non ebbe misericordia di noi concedendoci la pace di una fine rapida che almeno ci preservasse dall'angoscia e dal terrore.

Navigammo per ore in balìa delle onde e del vento, nelle tenebre del mare in tempesta e del cielo.

Ogni tanto la luna riappariva per qualche istante oppure un lungo lampo illuminava l'orizzonte e quello che facevamo in tempo a vedere attorno a noi – la furia dei cavalloni sempre più alti; lo schiaffo delle onde che urlando ci colpivano il volto; il cupo, sordo brontolio del mare ignoto – era peggio di quanto potessimo immaginare quando eravamo immersi nel buio.

Alla fine anch'io, come gli altri, serrai le mani aggrappandomi al bordo della barca per non essere sbalzato fuori, e aspettai.

Ci si abitua a qualsiasi cosa, dopotutto, anche all'idea della morte.

Aspettavo.

Eravamo inzuppati dall'acqua e irrigiditi dal vento freddo.

Sarà la prossima onda che ci inabisserà, pensai.

Poi quella dopo ancora.

O quella dopo ancora.

Intravvidi nel buio i primi uomini cadere in mare, e se anche urlarono il loro terrore nessuno li poté sentire nel furore del vento e dell'acqua. Poi una donna con i suoi due figli venne travolta da un maroso e portata via.

In un attimo non c'era più.

Chiusi gli occhi.

Aspettavo.

Sarà la prossima onda.

Cominciai a pensare: *Lasciati andare. Molla la presa. Adesso o tra un istante, che differenza vuoi che faccia? L'hai sempre saputo che il tuo destino era dentro il mare. Lasciati andare, Ismael.*

Io, però, rimanevo aggrappato al mio posto, ostinatamente. Il nostro timoniere stava attaccato alla barra ormai inutilizzabile. Forse anche il motore si era spento, ma se anche fosse stato acceso, non ci avrebbe condotto da nessuna parte.

Ho solo quindici anni, non è giusto. Non ho mai portato la brocca di Zulima, la terza figlia di Akim, il pescatore muto.

Per alcuni interminabili secondi – o forse erano minuti o ore – non pensai più.

Aspettavo.

Sarà la prossima onda.

La barca saltò, si inarcò e ricadde.

Ormai non sapevo più chi fosse ancora a bordo e chi fosse stato sbalzato fuori.

Aprii un attimo gli occhi, li richiusi.

Sarà la prossima.

Fu quella.

Arrivò fredda, cieca e indifferente, come solo le onde del mare sanno essere; ci prese di traverso, spezzò la lancia in due come un fuscello, ne frantumò il fasciame e proseguì senza sapere che cosa aveva fatto.

Sarebbe arrivata a riva confusa con le altre onde fino alla spiaggia di casa mia.

Precipitai in mare, come da una grande altezza, e andai a morire giù nel profondo con gli occhi aperti e i pugni chiusi.

Feci appena in tempo a pensare...

CAPITOLO 8

Cara madre,

non ti ho mai scritto una lettera. Pensa che sorpresa se Mohammad il Postino, figlio di Mohammad il Postino, una mattina arrivasse in bicicletta attraverso la spiaggia e bussasse alla porta della nostra casa e, dopo averti salutata cerimoniosamente toccandosi la fronte, la bocca e il cuore come fa sempre, ti consegnasse una mia lettera! Tu saresti smarrita ed emozionata, magari con le mani bagnate; e le mie due sorelle, petulanti come sempre, si affaccerebbero alla porta della loro stanza e ti chiederebbero: «Chi è, madre?»

«È una lettera di vostro fratello» risponderesti orgogliosa.

E pensa le vicine, come sarebbero curiose e come ti invidierebbero. Nessuno, nel nostro villaggio, ha mai ricevuto una lettera, che io ricordi.

Ma io non so scrivere bene, cara madre: la verga del maestro con la palandrana nera non è riuscita a compiere questo prodigio. Qualche parola sì, il mio nome per intero, anche due frasi se mi impegno un po' di più.

E d'altra parte tu, madre, non sai leggere.

E allora l'unico modo che ho di scriverti una lettera è pensarla. Scriverla dentro il mio cuore e la mia mente, anche se non so come farò a fartela avere.

Ma tu forse riuscirai a leggere dentro il mio cuore, anche se ci separa la distanza, anche dopo tanto tempo, anche se sarò giù, nelle profondità del mare.

Oppure avrai un amuleto, una formula, un Simbolo come quello che disegnasti sul muro della nostra camera, quando eravamo ragazzi, che ti permetterà di farlo. Le donne delle sabbie conoscono queste magie, gliele insegna il vento del deserto.

Ti scrivo per farti avere mie notizie e perché ho paura, madre. Ma tu non ti devi rattristare, promettimelo o non ti scriverò più.

Quando sono partito ti ho detto: «Non so come farò a farti avere mie notizie».

Tu mi hai risposto: «Cerca di stare bene», e non hai neanche aggiunto: «Con l'aiuto di Dio».

Ti ho lasciata che eri girata verso il mare e guardavi nella direzione delle ciminiere. Non lo so, forse sei tu quella che sopporta il peso più grande, ma non lo dici.

Il padrone del restaurant e anche Yves, il francese, sono stati gentili. Mi hanno detto: «Quando sarai arrivato in Talia, telefona, e noi informeremo tua madre».

Mi hanno scritto dei numeri su un pezzo di carta che ho conservato nelle mutande, con i soldi. Chissà come sarebbe stato difficile telefonare dalla Talia.

Ma non ti telefonerò.

Li ho visti morire tutti, madre.

La maggior parte è sprofondata all'istante, quando siamo naufragati: qualcuno è riuscito a risalire un paio di volte e l'ho visto alla luce dei lampi dibattersi e cercare ancora una boccata d'aria; tutti gridavano, o almeno così immagino, perché l'urlo del mare, della pioggia e del vento copriva ogni cosa.

Poi non li ho visti più.

Il vecchio con la barba bianca. Cosa va a cercare un vecchio in una terra straniera? I vecchi dovrebbero riposare nella loro casa.

Un uomo che per tutto il tempo aveva pregato, stringendo nelle mani un rosario.

Una coppia, marito e moglie che fino all'ultimo sono rimasti abbracciati.

Tutti gli altri.

A un certo punto mi è rotolato vicino lo Squalo. Forse anche lui mi ha visto, mentre i lampi accendevano la volta del cielo per poi scomparire. È andato sotto tre volte ed è sempre risalito. Mi è sembrato che mi guardasse negli occhi, fino a quando un maroso enorme l'ha trascinato via nella schiuma. È affondato con troppi soldi nelle tasche e troppo sangue nella pancia, tutti quei dollari ridotti a poltiglia per i pesci.

Per lui non ho provato pietà, che Dio mi perdoni.

Adesso sono solo, madre, in un mare pieno di morti, e ho paura.

Il mare, lo sai, è infinito, come il cielo, e per questo fa paura. Il mare è indifferente, si irrita, si placa. E noi non siamo niente. E poi c'è il buio, madre, il buio totale come non ho mai visto neanche nelle notti più scure. È un buio immenso, sterminato.

Il cielo si è coperto, i lampi sono cessati, il mare e il vento urlano e mi travolgono e mi buttano giù.

Ma io torno su tutte le volte, torno su.

Eppure non lo so, madre, fino a quando potrò ancora resistere.

Non ho mai avuto paura del buio, lo sai. Ero sempre io quello che si alzava di notte se una serranda della finestra sbatteva o se il cigolio della catena di un'ancora diventava all'improvviso una minaccia ignota, come un rumore di denti, e spaventava le mie sorelle che si rincantucciavano sotto le coperte e dicevano: «Chiama papà».

Sono uscito io la notte in cui fuori è passato Qualcosa.

Lo avevamo sentito benissimo tutti e tre, non potevamo esserci sbagliati: c'era Qualcosa che si trascinava sulla sabbia, molle e pesante, e ansimava e aveva risvegliato i cani del vicinato fino giù al paese, che poi hanno guaito e latrato fino al mattino.

Io ho aperto la finestra e ho scavalcato il davanzale mentre le mie sorelle gemevano: «Non andare, Ismael!»

Ho esplorato la spiaggia ed era tutto buio; c'era solo la debole luce delle stelle quella notte. Non ho trovato niente. Quel Qualcosa era fuggito, ma aveva lasciato dei segni inequivocabili sulla sabbia: la sua impronta viscida e profonda. Io l'ho vista e l'ho descritta alle mie sorelle. Il mattino dopo, però, era misteriosamente scomparsa.

D'accordo, sapevo che era solo una fantasia di ragazzi e volevo farmi bello agli occhi delle mie sorelle e farle spaventare.

Però veramente non ho mai avuto paura del buio.

Ma questo è un buio diverso, è il buio che sta dappertutto e non sai più dove sta l'acqua e il cielo, dove sta il sopra e il sotto.

In questo il rumore è tremendo e fa paura, madre: c'è il rombo delle onde che si avvicinano e sono sempre più alte; c'è il vento che non mi dà tregua e mi strappa la pelle – e io rotolo e vado giù; e poi ci sono i cavalloni che mi portano in alto, o almeno credo, e poi mi spingono in basso fino a farmi inabissare.

Mi spiace darti cattive notizie.

Il viaggio fino alla spiaggia dell'imbarco è andato bene.

Sono stati tutti premurosi e gentili con me. Ho perfino conosciuto uno studente universitario, pensa! Mi ha detto delle cose che non ho capito. Aveva una bella automobile veloce ma non correva troppo.

Eri così preoccupata che uscissi per la prima volta nel mondo. Dicevi che non ero pratico, che ero ingenuo, che mi avrebbero imbrogliato e derubato. Come avrei fatto tutto solo in un paese straniero, senza nessuno a prendersi cura di me, a lavarmi le camicie?

Dicevi che giravano brutte storie su quei paesi, che tanti giovani non ne erano più tornati, e che quelli che erano tornati erano irriconoscibili, diversi per sempre: avevano preso l'abitudine al tabacco, all'alcool e anche peggio.

«Per forza» dicevi «in quei paesi le donne non vanno in giro velate.»

«Neanche tu porti il velo» ribattevo.

«Cosa c'entra? Io sono tua madre.»

«Ma in realtà non è questo» continuavi.

«Che cos'è?»

Corrugavi la fronte e cercavi le parole per dirlo.

Guardavi fuori dalla finestra. «Quei paesi sono come le ciminiere» mi dicevi. «Sono sporchi.»

Non so se avevi ragione. Quei paesi non li vedrò.

Il mare mi ha spogliato, madre. Ora mi resta solo il tuo amuleto al collo e ogni tanto lo stringo.

Quanto è lunga la notte?

Ho male dappertutto, ma non importa.

Come stanno le mie sorelle?

Salutale.

Vorrei essere là con voi.

Pensami, madre.

Tuo figlio Ismael

CAPITOLO 9

Quanto è lunga la notte? Quanto possono durare le tenebre?

A un certo punto decisi che se fossi riuscito a resistere fino al mattino, fino all'arrivo della luce, sarei sopravvissuto. Non era vero, naturalmente: quello era un buio eterno e comunque l'alba non avrebbe portato la calma nel mare.

Ma mi aggrappai a quell'idea come mi ero aggrappato a un pezzo di relitto della barca dopo il naufragio. Ero riemerso una prima volta, una seconda, avevo visto nel chiarore alterno dei lampi l'agonia dei miei compagni di viaggio, e poi un pezzo del fasciame della lancia mi aveva urtato.

Era lungo un paio di metri, largo una spanna.

Avevo nuotato nella sua direzione, nella pozza di calma che si forma alla base dell'onda. L'avevo afferrato e tenuto stretto mentre il maroso mi travolgeva e mi capitombolava addosso; ero riuscito a non perderlo, mi ero sfilato la cintura dei pantaloni e con quella mi ero legato il più stretto possibile al relitto.

Avevo scalciato via le scarpe da ginnastica che mi appesantivano.

Il resto me lo tolse il mare.

Mio padre e l'orbo erano soliti dirmi: «In mare qualunque pezzo di legno naviga, Ismael».

Me lo dicevano i primi tempi, per rassicurarmi, quando uscivo in barca con loro e mi vedevano preoccupato al momento di affrontare il mare aperto.

Legato al mio pezzo di legno rimasi in balìa delle onde.

Resisti fino all'arrivo della luce.

Ma nessuno sa cos'è l'orrore di una tempesta.

Ne avevo sentito raccontare dai pescatori più anziani e dal figlio di uno di loro che era stato marinaio: sulle navi aveva attraversato gli oceani e le distese e di burrasche ne aveva viste e superate.

Mi aveva raccontato di navi enormi e invincibili, spezzate come un fiammifero, e dei poveri resti che, tornata la bonaccia, riemergevano: scarpe, bluse, oggetti maciullati, corpi che galleggiavano nella schiuma grigia.

Ma nessuno sa cos'è il dolore che prova un naufrago nella tempesta.

Resisti fino all'arrivo della luce.

Non ce la farai.

Provai a pensare a Zulima, la terza figlia di Akim, il pescatore muto, ma non sapevo cosa pensare e non avevo un granché come ricordi.

Pensavo alla brocca dell'acqua.

E poi?

Avevo sete, stavo morendo di sete.

E poi?

Non avevo pratica di ragazze e di donne. Da noi usa così.

Forse, se entrambi fossimo sopravvissuti, mio padre un giorno si sarebbe messo il vestito buono e le scarpe e sarebbe andato a casa di uno dei nostri vicini, dopo cena, all'ora più conveniente per fare una visita e in cui era sicuro di trovare il capofamiglia. Le donne si sarebbero ritirate nella loro stanza e anche i figli maschi sarebbero usciti, per discrezione. I due uomini si sarebbero seduti attorno al tavolo e avrebbero bevuto un tè.

No, stavo pensando alla brocca e a Zulima bambina che con le altre bambine andava al pozzo per prendere l'acqua: le più abili portavano la brocca in bilico sulla testa, dove avevano sistemato un fazzoletto o uno straccio piegato.

Ho sete. Ho freddo. Ho paura.

Resisti fino all'arrivo della luce.

Allora mio padre avrebbe detto: «Io ho un figlio maschio, tu lo conosci, è un ragazzo per bene. Un giorno avrà la mia barca. Conosce il mestiere e non ha paura di lavorare».

Non avrebbe aggiunto altro. Quello era già un lungo discorso.

I due uomini avrebbero bevuto un altro sorso di tè.

No, avrebbe detto: «Avevo un figlio maschio. Se l'è preso il mare. Tu hai una figlia pressappoco della stessa età».

Chissà, forse mio padre sarebbe andato proprio da Akim, il pescatore muto, a chiedergli Zulima, e Zulima tutti i giorni mi avrebbe portato l'acqua.

O forse avrei conosciuto una ragazza taliana.

Chissà com'erano. Non dovevano essere cattive, anche se non portavano il velo. Qualcuno dei ragazzi più grandi, in paese, raccontava cose strane su di loro, cose da sussurrare quando non c'erano gli adulti, e dicevano che erano vere perché le avevano viste alla televisione taliana. Mi era venuta la tentazione di vederle anch'io, quelle cose, anche se sapevo che non erano convenienti.

Ma io in televisione avevo visto solo una partita di calcio: avevamo vinto ed eravamo diventati Campioni del Mondo.

Quel giorno avevo bevuto due sorsi di birra: era buona, meglio dell'acqua di Zulima.

Ho sete. Ho freddo. Ho paura.

Resisti fino all'arrivo della luce.

Non ce la farai.

La tempesta stava crescendo. Sentivo i cavalloni farsi sempre più alti e più violenti. Il mare non aveva ancora sfogato tutta la sua ira e mi voleva.

Resisti.

No.

La pioggia arrivò come un altro mare, un muro d'acqua sceso dal cielo che si confondeva con quello in basso e rimescolava tutto. E io dov'ero, per l'amore di Dio, io dov'ero?

Spalancai la bocca e cercai di bere, ma la mia bocca era tutta una piaga di salsedine e alghe.

Bevi.

Bevi.

Quanto è lunga una notte?

Bevvi acqua dolce e acqua salata. Ingoiai il cielo e il mare. Come doveva essere diversa quell'altra acqua, quella che conosceva mia madre e che sapeva di ventre.

Com'è l'acqua che sa di ventre?

Il diluvio cessò di colpo, com'era arrivato.

Il vento girò, lassù in alto, e spazzò via qualche nube, facendo ricomparire la luna.

Non l'avevo più vista dal momento del naufragio.

Era pallida e bassa sull'orizzonte.

Si avvicina il mattino, pensai.

Cosa cambia?

Qualunque illusione è buona per il naufrago.

Resisti fino all'arrivo della luce.

La luna sbiancò il mare davanti a me, un'onda mi sollevò in alto e allora la vidi.

Nessuno sa cos'è l'orrore di una tempesta.

Ero stanco, estenuato, delirante. Ero un oggetto maciullato, attaccato a un pezzo di legno fradicio. Per cui, forse, in realtà non vidi nulla.

Forse fu un incubo, una visione, una mostruosità uscita dalle viscere del mare, evocata dalla mia testa malata.

Ma in quel momento ero sicuro di vederla, quella cosa.

Era reale.

In quell'istante decisi di lasciarmi morire.

Cercai di slacciare la cintura gonfiata dall'acqua che mi teneva legato al relitto, ma avevo le mani completamente insensibili che non servivano a niente.

Provai di nuovo.

Si spezzò, alla fine.

Caro padre..., pensai.

Poi mi separai dal legno che, fino ad allora, mi aveva sorretto.

CAPITOLO 10

Caro padre,

è da tanto che mi manchi. Quanti giorni sono passati da quando mi hai lasciato?

I primi tempi non mi sono reso conto di quanto mi mancassi. Sì, certo, mi sembrava strano non aiutarti a preparare la barca prima del sorgere del sole e non sentire che mi chiedevi: «Hai preparato le esche, Ismael?»

«Sì, padre.»

«E le nasse, sono pronte?»

«Sì, padre.»

Anche la sera era diversa: non eri seduto a tavola con noi ed era un po' come non cenare. Notavo l'assenza di tante piccole cose: per esempio il tuo rasoio abbandonato sul bordo del lavandino, o il profumo della schiuma da barba che ti mettevi il venerdì mattina, le volte che potevi rinunciare alla pesca, santificare la festa e andare alla moschea. Avrei dovuto usarlo io quel rasoio, un giorno.

Forse non mi sono accorto subito di quanto mi mancassi perché ho avuto tante cose da fare, sai?, o forse perché non ho mai visto mia madre piangere. Le mie sorelle sì: loro hanno frignato per quattro giorni. Ma era diverso. A loro non potevi mancare quanto dovevi mancare a me.

C'è stata solo una volta, non mi ricordo nemmeno dov'ero e cosa stavo facendo, che così, all'improvviso, in un momento qualunque, mi ha colpito il dolore per te, ed è stato come un colpo di timone nella schiena, che ti lascia senza fiato, e stai lì, piegato in due, ad aspettare che passi.

È passato.

Ma tu non immagini quanto mi manchi adesso.

Non ti volevo disturbare: mi hai insegnato che bisogna ricordare e onorare i morti ma che non bisogna mai turbare la loro quiete. Ma come faccio, padre? Come faccio ora, senza di te?

A chi si deve rivolgere un ragazzo? Mi sono sempre rivolto a te quando non capivo le cose del mondo e ascoltavo le tue spiegazioni, perché ti sei sempre sforzato di spiegarmi tutto, anche quando mi dicevi: «Noi siamo ignoranti, Ismael, e ci sono tante cose che non ci è dato capire, ma le dobbiamo accettare perché comunque sono la volontà di Dio».

Oppure quando ti limitavi a scuotere la testa: in quel momento capivo che erano cose più grandi di me, di te e di tutti noi.

Come la volta in cui ti chiesi quelle cose sulle ragazze e tu non alzasti nemmeno la faccia dalla rete che stavi cucendo e borbottasti: «Chiedile a tua madre queste cose». Allora andai dalla mamma, e lei mi diede uno scappellotto e mi disse: «Chiedile a tuo padre queste cose». Insomma, quella volta non capii, ma...

Ho bisogno di te, padre mio, tu non sai quanto.

O forse lo sai perché là in fondo, dove sei, mi puoi vedere e sentire.

Ci sono troppe cose che non capisco.

Ti ricordi quella volta che mi hai portato a vedere Zizou e che mi hai fatto mettere le scarpe e che ho bevuto due sorsi di birra?

Sì che te ne ricordi. È stato tre giorni prima della tua morte.

Ecco, io non ho capito la murena.

Spiegamelo, padre.

La murena mi ha morso e il piede si è gonfiato e usciva pus. Se non lo avesse fatto, quella mattina sarei uscito in mare con te e con l'orbo, e saremmo già insieme.

Adesso sono solo, padre, e non immagini nemmeno quanto sia difficile.

È stato difficile anche per te, lo so, ma io sono soltanto un ragazzo.

Insieme sarebbe stato più semplice.

Allora perché la murena mi ha morso?

Non ho capito neanche le ciminiere e la fabbrica.

L'ho vista, sai?

Durante il mio viaggio.

Sono rimasto davanti ai suoi cancelli: ero lì aggrappato, l'ho guardata a lungo, ho cercato di capire, ma forse è una di quelle cose più grandi di me, di te e di tutti noi.

Probabilmente perché è una cosa straniera.

Io, però, continuo a non capire il perché della fabbrica, delle ciminiere e del veleno chimico. Forse avrei dovuto farmi spiegare meglio le cose da Yves.

Ricordo che ci disse che quella era la volontà degli uomini e non di Dio.

Io non capisco, padre. E tu?

Se quella è la volontà degli uomini, allora lo è anche tutto questo: la spiaggia, le barche, gli Squali che fiutano il nostro sangue e il nostro denaro.

Padre, poco fa l'ho vista.

Per qualche istante è riapparsa la luna e ha illuminato tutto. È bassa, tra poco sarà mattina, ma cosa cambia?

L'onda mi ha portato su in alto e l'ho vista.

C'erano degli scogli in mezzo al mare, dei grumi di pietra nera che sporgevano improvvisi dal profondo, nell'urlo del vento, neri, taglienti. Erano avvolti dalla schiuma delle onde, che si andavano a infrangere contro.

La nave era là, infilzata su uno sperone di roccia come un tonno sulla fiocina. Era la stessa che avevo visto partire dalla spiaggia poco prima del mio imbarco, la carcassa, l'ammasso di ferro e ruggine che si era portato via centinaia di persone.

Se ne stava lì, sventrata. Sporgeva contro il primo chiarore dell'orizzonte, e il furore del mare ne strappava un brandello alla volta, in attesa di ingoiarla.

Pareva un immenso cimitero martoriato e sballottato dalle onde.

C'erano così tanti morti, padre: mi è sembrato di vederli e li ho riconosciuti uno per uno. In realtà non li conoscevo per davvero, ma non ha importanza.

E non c'era nessuna pietà, padre, nessuna dignità dei morti.

Fossimo stati insieme, tu forse questa cosa l'avresti capita e me l'avresti spiegata. Le avresti dato un senso.

O forse no, perché non ce l'ha un senso.

Io non volevo morire là, padre, non in quella desolazione di sangue e scogli.

Non là.

Allora ho strappato la cintura con cui mi ero legato al

legno – me l'avevi detto tu che nel mare qualunque legno naviga –, e l'ho lasciato andare.

Tra poco ti raggiungerò, padre.

C'è anche l'orbo lì con te?

Le onde mi hanno catapultato via, una corrente mi ha trascinato lontano da quegli scogli. Non li vedo più.

Tu come stai, padre?

Io sto male.

Ho gli occhi bruciati dal sale, quasi non riesco più ad aprire le palpebre; ho la gola tumefatta; sto morendo di sete; ho il corpo gonfio e stanco; ho freddo e non mi sento più le mani, i piedi e le gambe.

Sta albeggiando, c'è un chiarore livido e opaco.

Arriva il giorno, non avrò più paura del buio.

A mia madre ho già scritto, stai tranquillo. Le ho raccontato le cose come stanno.

Lei è forte e coraggiosa. Per questo l'hai scelta quando è arrivata con la sua carovana, non è così?

Adesso mi rivedo ancora una volta i due gol di Zizou, quelli che ci hanno fatto diventare Campioni del Mondo. Ti ricordi che colpi di testa?

Poi mi addormento.

Tuo figlio Ismael

CAPITOLO 11

Adesso sono del mare.

Non nuoto, non spingo, non lotto più.

Gli appartengo.

Sono come il legno che ho abbandonato, come i mille rottami che il mare trasporta e che arrivano dai quattro angoli del mondo, come i grovigli di alghe, come le foglie lontane dalla riva; sono un turacciolo, una bottiglia, un cappello da marinaio che un colpo di vento ha rubato e gettato tra le onde.

Mi lascio andare e lui mi porta. Non può succedermi niente.

Ho passato una notte a dibattermi e ad avere paura: non è servito. A un turacciolo non può succedere niente.

L'ho sempre saputo che prima o poi sarei stato del mare.

Seguo il ritmo delle onde.

Su e giù.

Su e giù.

Mi travolgono, mi rotolano, mi riprendono.

È arrivato il giorno, dietro lo schermo delle nuvole basse e grigie si indovina il sole. All'inizio, quando le onde mi portavano in alto, mi guardavo attorno, vedevo il bianco delle schiume, il rincorrersi dei cavalloni, la grande distesa di acqua infuriata, senza fine e senza sosta.

Adesso non più.

Sono un turacciolo.

Credo di essermi addormentato, due o tre volte.

La prima volta ho sognato il deserto – era una palla di sole – ma non sentivo caldo. Seguivo l'istinto del mio dromedario e cercavo le Montagne Antiche.

Sapevo che lui mi ci avrebbe portato, perché era un dromedario che aveva più di cento anni: chissà quante volte aveva già percorso quella pista, ruminando l'ultima razione d'orzo!

Nel sogno ho visto anche le dune che ondeggiavano e si spostavano, seguendo il soffio del ghibli, e le impronte del mio dromedario, nere e nette sul bianco della sabbia.

Era un bel sogno e quando mi sono riaddormentato speravo di riprenderlo, ma non si possono riprendere i sogni, anche se mia madre dice di sì, che ci sono uomini che possono ritrovare ogni volta lo stesso sogno, o anche entrare nei sogni degli altri, o dire, quando stanno sognando: «Questo è un sogno», mentre se lo facciamo noi il sogno si interrompe.

Ma sono uomini speciali che conoscono la medicina e la magia e che sono in contatto con gli spiriti.

La seconda volta, invece, ho sognato l'orbo, tutto ispido nella sua barba, che mi diceva qualcosa, ma non ricordo che cosa.

La terza volta forse non è stato un sogno.

Ero sicuro che ci fosse una creatura del mare lì con me e che mi stesse sorreggendo.

Non la vedevo, ma la sentivo.

Percepivo la sua vicinanza.

Non so che creatura fosse. Probabilmente era incuriosita da me: in fin dei conti anch'io ero una creatura del mare ormai, solo che ero nuova.

Forse era un cetaceo.

Mio padre aveva visto un cetaceo, una volta, un evento raro e straordinario nel nostro mare.

Prima lui e l'orbo l'avevano visto soffiare a venti tese dalla prua, e Youssuf aveva gridato: «Laggiù! Laggiù!» Poi non avevano visto più niente e avevano temuto di averlo perso, fino a quando, all'improvviso, il cetaceo aveva fatto un salto ed era uscito dal mare, immenso contro l'azzurro del cielo. Era l'animale più grande che mio padre avesse mai visto e il più bello e maestoso. Era ricaduto lentamente sollevando un muro d'acqua – la barca aveva ballato per un bel po' – e poi se n'era andato, tornando giù nei suoi abissi.

«Che animale era, padre?»

«Una balena. È un cetaceo.»

Mio padre era molto orgoglioso di conoscere quella parola difficile e l'avevo imparata anch'io.

Nel mio sogno – che forse non era un sogno – il cetaceo mi accompagnava e mi spingeva. A un certo punto mi era sembrato di percepirne l'odore e la consistenza elastica della pelle ed ero sicuro che fosse mansueto e amico.

Faceva parte del mare, come me.

Sono sveglio e sento le onde che si allungano e si slabbrano. Sento il vento che cala e non fischia più.

Non ha nessuna importanza.

Sento un raggio di sole che mi brucia la pelle ustionata dalla salsedine. Forse le nubi se ne sono andate, ma non lo so. Non riesco più ad aprire gli occhi, sono troppo gonfi e bruciati.

Non ha nessuna importanza.

Capitombolo ancora un po'.

Non c'è tempo in mare. Ore, minuti sono la stessa cosa.

Non sento più il cetaceo, il suo odore di abissi marini.

Sono coperto di alghe, di rifiuti.

C'è un gabbiano che mi urla nelle orecchie, quel grido disperato e triste dei gabbiani.

Sto cercando di riaddormentarmi, mi dà fastidio.

Ce ne sono altri, urlano tutti assieme. Forse mi assaliranno perché sono una creatura nuova del mare.

Ho paura dei gabbiani.

Cerco di muovere un braccio per mandarli via.

Non ci riesco.

Li sento che mi sfiorano con le ali e i becchi appuntiti.

Agito una mano e non se ne vanno.

Riesco a schiudere un occhio, uno solo. Il dolore che provo è grande. Il sole mi acceca, non vedo niente.

Lo richiudo, lo riapro.

Distinguo le ali dei gabbiani contro la luce.

Le onde sono diminuite, quella che adesso mi porta in alto mi fa salire solo di un paio di metri.

La linea incerta, sfuocata, che a malapena intravedo tremolare là in fondo, è la linea di costa.

Non ha nessuna importanza.

Sono un turacciolo, un vegetale, un animale marino.

Mi tirano su con la rete, è giusto che sia così.

Mi depositano sul fondo della barca.

Sento due uomini che parlano tra di loro in una lingua che non conosco.

Certamente non è francese.

Faccio in tempo a scrivere un'altra brevissima lettera a tutti e due.

Cara madre, caro padre, sono arrivato in Talia.

CAPITOLO 12

In seguito mi raccontarono che i pescatori che mi avevano issato a bordo del loro peschereccio credevano fossi morto, perché da troppo tempo ormai, quasi ogni giorno, quella parte di mare restituiva relitti, cadaveri e resti; a volte prevaleva la pietà, altre si lasciava che ci pensasse il mare a consegnarli alla costa o, meglio ancora, a disperderli al largo.

Dopo avermi deposto sulle tavole del ponte e avermi osservato con la rapida precisione che deriva dall'abitudine, qualcuno aveva notato che respiravo e che sbattevo la palpebra di un occhio, quello sinistro.

«Non ce la farà» aveva detto uno dei pescatori.

«E chi lo sa?» aveva risposto un altro. «Forse ce la può fare.»

Così ero rimasto a far parte delle scarse prede di quel giorno di fine tempesta.

Mi sbarcarono al molo e mi affidarono a chi di dovere.

Sempre in seguito seppi che ero effettivamente arrivato in Talia, ma su un piccolissimo lembo di terra di quel paese, su un'isola che era tutta vento, roccia e capperi, e che c'era ancora altro mare da attraversare per arrivare nella Talia vera e propria. Me lo dissero quelli che erano arrivati prima di me e che erano pratici ormai: mi spiegarono anche che era su quell'isola, soprattutto, che venivano sbarcati i clandestini.

Io non sapevo cosa fossero i clandestini.

Mi portarono in un edificio giallo a due piani di fronte al porto, con l'intonaco un po' scrostato e un vasto rampicante che stava sfiorendo sulla facciata, che una volta era stato un magazzino e che adesso funzionava da ospedale, creato apposta per quelli che come me erano scampati al mare.

C'erano tanti letti separati tra loro da tende bianche ricavate da vecchie lenzuola, e il pavimento aveva lo stesso odore di detersivo che avevo sentito a casa mia.

Era un posto pulito e silenzioso.

Rimasi a letto alcuni giorni, non so quanti, a dormire, a spurgare acqua e sale da ogni poro della pelle, a sentire quell'odore di detersivo al limone, a non sognare.

Ogni tanto arrivava qualcuno, mi dava da bere, mi infilava aghi nel braccio, mi ascoltava il polso e il cuore. Quando riuscii ad aprire entrambi gli occhi, cominciarono a parlarmi: non capivo naturalmente, ma sembravano gentili.

Vedevo solo le due tende, una alla sinistra, una alla destra del mio letto, e un pezzo di parete bianca davanti a me.

Rimasi immerso in quel bianco confortante.

Non avevo nessun ricordo della mia traversata.

Mi diedero del cibo, un boccone alla volta, come a un uccellino in gabbia o a un gattino che bisogna svezzare. Venne una donna, anche lei vestita di bianco – un'infermiera, immagino – che tolse il lenzuolo che mi copriva, prese un bacile e una spugna e mi lavò. Ero nudo e mi vergognai moltissimo. Tenni per tutto il tempo gli occhi chiusi e avrei voluto dire: «Datemi da vestire», ma non sapevo come fare.

Non sapevo cosa dovevo aspettarmi: stavo là, aspettavo, non pensavo.

Un mattino provai ad appoggiare i piedi a terra e ad alzarmi. Ero debole e mi girava la testa, ma riuscii a fare alcuni passi e a uscire dal recinto delle tende, nel corridoio tra i letti. In giro non c'era nessuno. Provai a raggiungere il bagno, in modo da sottrarmi a un'altra pratica quotidiana che sapevo necessaria ma che mi risultava intollerabile.

Nello stanzino c'erano i servizi, una doccia circondata da una tenda di plastica moscia e mezza strappata, un lavandino sormontato da uno specchio. Restai là sulla soglia, malfermo sulle gambe, poi entrai e mi richiusi la porta alle spalle. Mi appoggiai al bordo del lavandino e mi guardai nello specchio: era la prima volta che mi vedevo, dopo tanti giorni. Rimasi a lungo a fissare quello sconosciuto avvolto in un lenzuolo che sembrava un sudario. Ero dimagrito, avevo la pelle molle e spugnosa, incisa dalle rughe e da mille piccole cicatrici. Avevo anche l'impronta di una medusa, nettissima, scavata nella carne della spalla sinistra.

Lasciai cadere il lenzuolo: ero bianco su tutto il corpo.

E avevo i capelli bianchi.

Erano candidi come quella neve che era caduta a sorpresa una mattina d'inverno giù al villaggio – avrò avuto sei anni – e aveva spolverato la spiaggia e le case e le barche. Solo pochi ricordavano di averla già vista. Per noi bambini era stata un miracolo, una curiosità grande, una festa. Era fredda e a tenerla in mano, poi, pizzicava le dita.

Era durata un giorno, poi si era sciolta.

Ero bianco come quella neve. Sembravo un vecchio.

Capii che ero morto in mare e che il mare aveva deciso di darmi un'altra vita e, con essa, un'altra opportunità segnata per sempre dall'acqua, dal sale, dal terrore di quella notte nella tempesta che non finiva mai.

Mi trascinai fino al mio letto e ci rimasi tutto il giorno e la notte, con gli occhi aperti. Ogni tanto mi osservavo le mani pallide.

Il mattino dopo mi alzai. C'era una grande finestra in fondo al camerone, da cui entravano luce e sole: cercai di raggiungerla, un passo dopo l'altro, camminando incerto sul pavimento ancora umido di detersivo al limone. Sembrava lontanissima.

In uno dei letti era disteso un vecchio secco e magro che, in arabo, mi augurò la pace con un gran sorriso.

Forse anche lui era arrivato con le barche.

Ricambiai il saluto.

Mi appoggiai al davanzale della finestra, ancora incerto e stordito, e per la prima volta guardai la Talia. Dovevo conoscerla, no? Era quello il posto in cui avrei vissuto la mia seconda vita.

C'erano lo stesso cielo di casa mia; lo stesso sole, che tra poco l'autunno avrebbe fatto impallidire; e gli stessi odori di sale e di erbe e di polvere, mescolati con quelli della benzina e degli scarichi delle automobili.

Dal secondo piano dove mi trovavo potevo vedere il porto e i moli, con le barche ormeggiate e i pescherecci che stendevano le reti; e, in una darsena più in là, il luccichio dei motoscafi da corsa, alcuni enormi e scattanti – quasi delle navi; le insegne rosse e blu dei distributori; e le barche a vela che rientravano spinte dal vento, belle, affusolate, eleganti, non come quella di mio padre.

C'erano le case colorate di giallo, di rosso, di blu, arrampicate le une sulle altre e poi su per le colline spoglie e brune.

C'erano due caffè nella piazza, con i tavolini all'aperto e la gente seduta sotto gli ombrelloni, e potevo sentire il brusio delle loro voci; e c'erano negozi e spacci, come quello di Yves, ma molto più belli, naturalmente, pieni di merci e di cose.

Vidi le automobili che correvano avanti e indietro ma anche due asini con il basto carico di legna, come ne capitavano ogni tanto anche da noi da qualche paese dell'interno.

Pensai che se era così avrei anche potuto viverci, in Talia.

Ancora non sapevo, allora, che quello era solo un lontano scoglio in mezzo al mare e che la Talia era un'altra cosa.

Nei giorni successivi passai molte ore a quella finestra, avvolto nel lenzuolo del letto, perché non avevo altro da fare ed ero curioso.

Non pensavo al passato e non mi preoccupavo del futuro, non fantasticavo e non mi immaginavo niente. Non pensavo nemmeno alla mia famiglia.

Mi guardavo attorno.

Osservavo la gente, per esempio.

Molti taliani sembravano come noi: erano scuri di pelle e di capelli, com'ero stato io una volta; parlavano a voce troppo alta, muovevano troppo le mani. Imparai a riconoscere il padrone di uno dei caffè, un pancione ozioso; e uno dei camerieri che servivano ai tavoli, un ragazzo forse della mia età, svelto, ricciuto; il furgone che arrivava tutte le mattine, alle sette, e il giovanotto tatuato che scaricava all'ombra le cassette della birra e della Coca Cola e poi si accendeva una sigaretta; un omino esile che poco dopo scendeva dal suo triciclo e spazzava svogliatamente la piazza con una scopa di saggina.

Le donne, invece, erano diverse.

Sapevo già che non andavano in giro velate, ma anche mia madre e alcune donne del paese non usavano il velo e nella grande città dov'ero passato per imbarcarmi mi avevano detto che poche rispettavano l'usanza o, al massimo, si coprivano i capelli per strada.

Ma fu là, affacciato a quella finestra del secondo piano, avvolto nel lenzuolo che mi copriva le vergogne, che per la prima volta in vita mia vidi delle donne come nessuno ha il diritto di vederle, tranne il marito, forse.

E camminavano per la strada.

C'era una grande nave che arrivava tutte le mattine alla stessa ora. Si annunciava quand'era ancora al largo, fuori del porto, con tre acuti fischi di sirena. Ad attenderla all'imbarcadero c'era sempre una folla di persone, di macchine e di camion carichi di cassette di frutta e verdura; alcuni correvano solo per vederla, come una festa.

La nave si avvicinava lentamente, facendo manovra: dal

ponte i marinai gettavano grossi canapi sulla banchina – li si sentiva tendere e scricchiolare mentre la ormeggiavano – e infine abbassavano il portellone di poppa per far scendere automobili e persone, in una gran confusione. Poi quelli che avevano aspettato a terra si imbarcavano a loro volta.

Quelli che sbarcavano erano bianchi e pallidi, oppure arrossati dal sole, vestiti in maniera bizzarra, avevano abiti corti e leggeri e colorati, cappelli, bagagli.

Alcune donne erano nude, che Dio mi perdoni, e nessuno si stupiva e diceva niente. Attraversavano la piazza e addirittura si sedevano ai tavolini dei bar.

La prima volta che le vidi mi allontanai di scatto dalla finestra, tornai al mio letto e rimasi là, con il lenzuolo fin sopra il naso e le orecchie che mi bruciavano.

Sapevo che era male.

Fu una dura lotta con la mia coscienza, la mia educazione, la mia curiosità e qualcos'altro che non capivo. Tornai alla finestra, occhieggiai, ma solo per un attimo.

Mi affacciai di nuovo.

Erano tante, c'erano anche delle ragazze molto giovani.

Decisi che potevo rimanere alla finestra perché quella era la Talia, in fin dei conti, e in quel paese mi dovevo abituare a lavorare e a vivere. Decisi che potevo guardare, ma non avrei fissato nessuna donna in maniera particolare. Provai a fare così, ma non fu per niente facile.

Quando portarono il pranzo, mi allontanai dalla finestra. Il vecchio secco e magro che non si era mai alzato dal letto mi augurò di nuovo la pace e poi mi disse: «Questa non è la tua terra».

«Lo so, nonnino» gli risposi.

Lui scosse la testa: «No che non lo sai».

Gli portai la scodella del pranzo e lo aiutai a mangiare. Mangiava piano e soprappensiero, come fanno i vecchi. Lui non mi chiese che cosa ci facessi là, io non gli chiesi che cosa ci facesse lui.

Non c'era nessun altro nella corsia tranne noi due.

Mi disse che lui era là da tanto tempo e che nei mesi precedenti, prima del mio arrivo, i letti erano tutti occupati e non bastavano per assistere tutti quelli che avevano tentato la traversata ed erano finiti in mare. Ma adesso, con l'arrivo della cattiva stagione e delle burrasche, non ci sarebbe stato più nessuno che avrebbe tentato di arrivare, e lui si sarebbe goduto la solitudine e la quiete di quel posto, il bianco, il pulito e il cibo caldo, e ci sarebbe morto in pace, a Dio piacendo, perché così era scritto.

Continuava a chiamarmi ragazzo: o mi vedeva com'ero prima, o per lui chiunque era un ragazzo.

Quella notte pensai che ero diventato bianco e che quindi ero già un po' taliano – proprio come Zizou che era berbero ma bianco e anche un po' francese – e che sarei rimasto a vivere in quel pezzo di Talia. Pensai che forse avrei visto anche il resto di quel paese e che mi sarei seduto ai tavolini del caffè. Avrei imparato a guardare le donne e a non giudicarle, perché loro usavano così; e ogni mattina sarei corso all'imbarcadero per assistere all'arrivo del traghetto e per sentire il canto dei canapi dell'ormeggio.

Il giorno dopo il tempo cambiò: era girato il vento, il mare si era ingrossato; arrivarono la pioggia e l'anticipo di autunno. Le ragazze si vestirono, le case colorate luccicavano nell'acqua, i lastroni della piazza erano allagati e gli ombrelloni chiusi.

Il padrone del caffè se ne stava imbronciato dietro la vetrina rigata dalle gocce, il cameriere svelto e ricciuto se la rideva.

A mezzogiorno li vidi allineare i morti lungo il molo. Li avevano raccolti con un'unica barca e infilati in grandi sacchi di nylon nero che alcuni uomini con la cerata e gli stivaloni scaricavano a fatica scivolando sulle pietre lisce. Alcuni sacchi erano molto piccoli, dovevano essere quelli dei bambini. Alla fine saranno stati una trentina.

C'erano anche due uomini in divisa che cercavano di

ripararsi sotto l'ombrello mentre guardavano lo svolgimento delle operazioni, e uno vestito di scuro con una valigetta di pelle in mano che sembrava un dottore.

Gocciolava dappertutto.

Allora, per la prima volta da quando ero arrivato, piansi, per me e per tutti gli altri.

CAPITOLO 13

Non so quanti giorni trascorsi all'ospedale.

Una mattina un giovanotto con i baffetti sottili e curati e i capelli lucidi mi porse un pacco di carta marrone e mi disse: «Vestiti che andiamo».

«Dove andiamo?» chiesi.

«Vestiti.»

Parlava l'arabo e, scoprii in seguito, anche il francese e il taliano. Suo nonno era algerino e i suoi genitori si erano trasferiti in Francia. Lui lavorava in Talia come interprete.

Mi vestii: mutande, pantaloni di tela blu, una maglietta, un giubbotto impermeabile, scarpe di gomma, una borsa di tela con un asciugamano, un pezzo di sapone e altri oggetti.

«Hai cose tue da prendere?» mi chiese.

Non avevo nulla.

L'infermiera aprì il cassetto del comodino e mi diede qualcosa.

Era l'amuleto di mia madre.

«Dice che è l'unica cosa che avevi addosso quando ti hanno portato qui» mi spiegò l'interprete.

Era ancora umido e sfrangiato, ma doveva proteggermi dal mare e l'aveva fatto. Me lo misi al collo.

Uscimmo nell'acquerugiola, tirava scirocco e tutto era umido e appiccicoso, in piazza non c'era quasi nessuno.

«Come ti chiami?» chiesi al giovanotto.

«Jean.»

Non mi chiese il mio nome.

Dovevamo solo attraversare la piazza. Entrammo in un altro edificio dall'aria severa, macchiato di pioggia. C'erano degli uomini in divisa e immaginai che fosse un posto di polizia o qualcosa del genere.

Jean mi fece cenno di sedere su una panca del corridoio e se ne andò in giro a chiacchierare un po' con tutti, come fosse di casa.

C'erano diversi uffici, ogni tanto si apriva una porta e qualcuno entrava o usciva. Si sentiva ticchettare in continuazione. La panca era scomoda e il corridoio buio.

Mi sistemai con la mia nuova borsa di tela.

Dopo un po' Jean mi prese per un braccio e mi fece entrare in uno degli uffici.

C'erano un poliziotto, seduto dietro una scrivania coperta di carte, e un altro uomo, sistemato su un tavolino di lato, con davanti la cosa che ticchettava.

Mi fecero sedere.

C'era una finestra alle spalle del poliziotto: la pioggia aveva ricominciato a cadere e potevo vedere le grosse gocce che rigavano il vetro.

Faceva caldo, il poliziotto aveva il colletto della divisa slacciato. Lui faceva le domande, Jean traduceva, l'uomo al tavolino ticchettava.

Era giusto che mi facessero delle domande, che volessero sapere la mia storia, che cosa mi aveva portato là da loro, come c'ero arrivato e cosa volevo fare. Ero un ospite, in fin dei conti. Anche noi facevamo sempre un sacco di domande quando capitava un ospite al villaggio, cercavamo di capire che tipo di persona fosse e se avesse buone intenzioni.

Mi chiesero il mio nome.

Mi chiesero da dove venissi.

Glielo dissi.

L'uomo che ticchettava non capiva e Jean dovette sillabarglielo due volte.

Provai a spiegare a Jean che ero un pescatore e che il mare era morto e che anche mio padre era morto. Non sapevo se dovevo raccontargli anche delle ciminiere, della fabbrica e del veleno chimico, avevo paura di non sapermi spiegare abbastanza bene e che non capissero o, peggio, che non mi credessero.

«Non importa» disse Jean.

«È la verità.»

«Ne sentono ogni giorno di storie come questa.»

L'uomo in divisa chiese qualcosa.

«Hai documenti?» tradusse Jean.

«Quali documenti?»

Mi fece tutto un elenco.

«No.»

L'uomo in divisa scosse la testa.

Avevo avuto solo un pezzo di carta infilato nelle mutande, con dei numeri di telefono per chiamare mia madre, ma il mare si era mangiato anche quello e adesso non potevo neanche telefonare.

«Quanti anni hai?» chiese Jean.

«Quasi quindici» risposi.

Si misero a ridere tutti e tre.

Jean e il poliziotto confabularono per un po', poi il poliziotto si strinse nelle spalle, disse qualcosa all'uomo che ticchettava e lui ticchettò.

«Non hai documenti» disse Jean. «Capisci?»

«No.»

«Senza documenti non puoi restare.»

«E allora?»

«Allora ti mandano via.»

Non capivo.

«I clandestini non possono restare.»

«Dove mi mandano?»

«Al tuo paese.»

«Io voglio vivere in Talia» spiegai. «So lavorare.»

Volevo spiegare quello che avevo visto dalla finestra in quei giorni – tranne la cosa delle donne – e che il mare mi aveva preso e poi mi aveva dato una seconda vita dopo avermi cambiato, e che era per quello che non pareva che avessi quindici anni. Ma mi sembrava di non riuscire a spiegare nulla.

«Io sono stato in mare» dissi «per un'intera notte e un giorno.»

Credevo fosse una cosa importante.

Non l'avevo ancora raccontata a nessuno, nemmeno al vecchio che, certo, mi avrebbe ascoltato, e nemmeno io l'avevo voluta ricordare fino ad allora, perché faceva male dentro. Anche in quel momento non ero sicuro di volerne parlare.

Ma era una cosa importante.

«Sei vivo» disse Jean. «Dovresti essere contento.»

Il poliziotto aggiunse qualcosa.

«Vuole sapere chi ti ha portato qui» tradusse Jean.

«Non lo so. Uno.»

«Come si chiamava?»

«Non lo so.»

«È sbarcato anche lui?»

«È morto in mare.»

«L'hai visto?»

«Sì.»

«Sei sicuro?»

«Sì.»

Era uno Squalo, avrei voluto dire.

L'uomo che ticchettava mise dei fogli davanti al poliziotto. Lui fece delle firme, dei timbri, si asciugò il sudore.

L'aria della stanza era irrespirabile. Fuori pioveva sempre più fitto.

Sembrava che fosse tutto finito. Mi fecero cenno di alzarmi.

Rimasi seduto.

«Quelli di stamattina» chiesi a Jean.

«Chi?»

«I morti. E quelli che ho visto in mare, sugli scogli neri. Quelli della nave. E tutti gli altri. Non c'è pietà.»

«Loro hanno pietà per i morti» disse Jean. «Li seppelliscono. E anche per i vivi. Ti hanno curato.»

Scossi la testa.

«No, no» dissi.

Mi avevano curato. Avevo visto che si occupavano dei morti come deve fare sempre un buon credente.

Non era quello.

«No» dissi ancora, e cercavo le parole ma non le trovavo perché ero un ignorante o forse perché le parole non c'erano.

Avrei voluto raccontare dei cinquecento dollari, di mia madre, delle barche, dell'egiziano del *restaurant*, del vecchio che aveva chiamato la preghiera sulla spiaggia prima dell'imbarco e che forse era lo stesso che aspettava di morire in quel letto dall'altra parte della piazza, dei morti, i morti, i morti... Avrei voluto dire che avevo quindici anni e i capelli bianchi.

Indicai il poliziotto.

«Chiediglielo» dissi a Jean. «Chiedigli se ha pietà di me e di tutti gli altri.»

Il poliziotto si alzò senza che Jean traducesse le mie parole.

Per la prima volta lo guardai in faccia: avrebbe potuto essere mio padre, un po' più anziano, più grasso.

Ansimava per il caldo e aveva delle mani da contadino.

Mi guardò anche lui. Chinò il capo.

Jean si lisciò i baffetti. «Andiamo» disse.

Fuori diluviava.

Tirai su il bavero del giubbotto.

Jean entrò a procurarsi un ombrello. Mentre lo apriva mi chiese: «Hai veramente quindici anni?»

Feci segno di sì.

«Coraggio» disse lui «stai per tornare a casa.»

CAPITOLO 14

Mi rimpatriarono dopo circa un mese.

Ricordo quando mi portarono assieme agli altri a prendere il traghetto, quella nave che arrivava tutte le mattine annunciandosi al largo con il suono della sirena e che avevo guardato dalla finestra dell'ospedale mentre faceva manovra e attraccava con le gomene che fischiavano al vento per lo sforzo.

Il giorno in cui partii non c'era folla ad accoglierla e i turisti non scesero a terra: non era più stagione ormai. Il mare stava diventando grigio, le pietre del porto erano umide, il paese sembrava vuoto: lo attraversammo tutto, lentamente, portando le nostre quattro cose dentro a dei fagotti improvvisati. Eravamo rimasti una trentina. Gli ultimi a partire.

Già mentre ci radunavano in cortile, la mattina, gli taliani avevano cominciato a svuotare le camerate, ad ammassare all'aperto i letti a castello, i materassi, i tavoli e le sedie della sala comune. Avrebbero pulito e disinfettato tutto in attesa dell'arrivo, dopo l'inverno, di un'altra massa di disperati come noi.

Nessuno in paese ci prestò la minima attenzione.

C'era poca gente in giro. I negozi e i caffè erano deserti, tranne qualche isolano che ci guardò un attimo attraverso le vetrine mentre beveva il caffè.

Per loro eravamo solo una lunga fila di uomini e donne scuri e silenziosi, stranieri. Non credo che ce l'avessero con noi. Nessuno ci disse niente, tanto meno qualcosa di offensivo, nessuno manifestò gioia per la nostra partenza. Eravamo invisibili, qualcosa che da anni il mare gettava a riva durante la bella stagione e che si riprendeva in autunno.

Si fa l'abitudine a tutto.

Credo che si fossero abituati a noi e che per questo non ci vedessero più. Proprio come io e mia madre avevamo smesso di vedere i pesci morti che la risacca abbandonava sulla soglia di casa.

Non so se ai miei compagni facesse piacere o no tornare a casa, se pensassero all'altra sponda del mare come a un rifugio, finalmente, o come a una condanna da scontare per tutta la vita, o fino al prossimo disperato tentativo.

Io non pensavo a niente. Ero bianco, rugoso, vuoto.

Il traghetto abbassò il portellone posteriore, ne scesero alcuni furgoni e due motociclisti dall'aria smarrita. Ci fecero salire, ci sistemarono in un angolo del ponte a poppa;

ci dissero di non muoverci e ci diedero coperte e bevande calde. Lasciarono a sorvegliarci due carabinieri, giovani e impacciati.

L'aria era un po' troppo fresca e tesa ma non si stava poi così male.

Aspettammo un paio d'ore, poi sentimmo il clamore dell'ancora che risaliva: la nave vibrò nel profondo, si staccò dalla banchina, ruotò, abbandonò il porto, e fummo investiti dal vento della corsa. Da riva nessuno salutava.

Dalla nostra posizione potevamo vedere la terra di Talia allontanarsi piano piano, fino a scomparire all'orizzonte. Devo dire che non mi fece nessun effetto, così come il mare che rollava sotto di noi.

Non ero più suo.

I gabbiani ci accompagnarono per un lungo tratto, urlando nella nostra scia, poi se ne andarono anche loro.

Il viaggio fu lento e noioso. Facemmo scalo da qualche parte che era già notte: le luci del nuovo porto brillavano sfuocate per l'umido e la nebbia. Si sentivano grida e richiami e ogni tanto l'urlo di una sirena.

Arrivarono altri carabinieri, ci fecero scendere assonnati e ci caricarono su un'altra nave più piccola e più veloce. Ci sistemarono sottocoperta, questa volta, e ci ridiedero da mangiare. Aspettammo per ore mentre la notte trascorreva e il cielo era buio.

Mi appisolai con la testa sul tavolo.

Mi svegliarono i primi raggi di sole che entrarono dagli oblò. Salii in coperta, c'era una linea di costa che emergeva all'orizzonte tra la bruma che svaniva.

Poteva essere casa oppure no.

Al mattino presto mi sbarcarono su un molo a pochi chilometri dalla spiaggia da cui ero partito. Guardai istintivamente da quella parte, per vedere se c'era ancora, laggiù, qualche disgraziato speranzoso in attesa, accampato con la famiglia sui rifiuti che avevamo lasciato noi. Non vidi nessuno: per il momento era finita anche la stagione degli Squali.

Mi lasciarono lì, semplicemente, con delle carte che dicevano qualcosa e un fagotto di biancheria sporca.

Una delle guardie che ci accompagnava mi disse anche: «Non riprovarci più».

La nave ripartì.

Feci a ritroso il viaggio dell'andata verso casa, ma di quei momenti non ricordo granché.

Ebbi altri passaggi da altre automobili e altri camion. Ascoltai altri guidatori parlare a voce troppo alta, imprecare e raccontarmi i dolori della loro vita mentre affrontavano sudati le curve della strada costiera. Mi caricavano per avere compagnia e, forse, conforto.

Non ero in vena. Finsi di essere più stanco di quanto non fossi realmente e di aver bisogno di dormire con la testa reclinata sul sedile per non essere obbligato a fare conversazione e a rispondere alle loro domande.

Comunque non sarei stato di grande conforto per loro.

La fabbrica delle ciminiere era sempre là, con le autocisterne straniere che entravano eruttando fumo e il cancello che si apriva da solo.

Non girai neanche la testa per guardarla.

Il traffico, il rumore, i clacson.

All'improvviso mi lasciarono al mio paese.

Feci a piedi un giro più lungo del necessario per evitare di attraversarlo e di incontrare qualcuno. Era una splendida giornata, piena di azzurro nel cielo e nel mare. L'aria era mite e buona.

Bussai alla porta di casa che era quasi ora di pranzo. Mia madre venne ad aprire asciugandosi le mani in uno strofinaccio, guardò i miei capelli bianchi, la mia pelle rugosa e slavata e si mise a piangere.

Pianse tutto il giorno, più di quanto avesse pianto per la morte di mio padre.

Ma io ero vivo, comunque.

Le mie sorelle stentarono a riconoscermi e anch'io faticai a riconoscere loro. Guardai stupito quelle due bambine. Ero convinto che nel frattempo fossero diventate grandi e che magari si fossero sposate e non vivessero più lì.

Una cosa del genere.

In realtà ero stato assente meno di due mesi.

Tutto avrebbe dovuto essere uguale a prima e invece sapevo che non lo sarebbe stato più.

Il giorno dopo mia madre mi si avvicinò mentre guardavo fuori dalla finestra e mi disse: «Ce la faremo».

Ce l'avremmo fatta, ma niente sarebbe stato come prima.

Non uscii per una settimana. Passavo le giornate seduto per terra, dietro casa, con le gambe piegate e le spalle appoggiate al muro, tra le felci salate e le piante grasse, sul lato che guardava la polverosa strada sterrata che portava in paese. Da lì non potevo vedere il mare.

Al mattino c'era il sole, al pomeriggio l'ombra.

Non facevo niente, stavo là.

Ogni tanto passava qualche abitante del villaggio ma nessuno si avvicinò mai per farmi domande. Tutti si limitavano a chinare la testa in segno di saluto e proseguivano: sapevano che, quando fossi stato pronto a raccontare, sarei andato io da loro.

Anche mia madre non mi chiese niente. Sono sicuro che sapesse già tutto: aveva ricevuto la mia lettera.

Stavo seduto e pensavo, ma non avevo più pensieri da ragazzo. Ci provavo, ma non ci riuscivo più.

Forse i pensieri da ragazzo erano la cosa che mi mancava maggiormente tra tutte quelle che avevo perduto. Era stato il mare a portarmeli via, e sapevo che non li avrei mai più ritrovati.

L'altra cosa che mi mancava era la tomba di mio padre.

Mi sarei accontentato di avere anche solo un semplice cumulo di terra, quattro zolle d'erba, un qualsiasi segno, una pietra, un pezzo di legno, qualcosa che mi dicesse che lui era là sotto, per potermici sedere accanto e parlargli.

Era impossibile parlargli attraverso la profondità del mare.

Mi sentivo solo.

Dopo una settimana uscii per la prima volta di casa, andai dall'egiziano, al *restaurant*. Quando mi vide si tolse il fez, per rispetto. Non mi chiese cosa fosse successo e finse di non vedere i miei capelli bianchi.

Gli dissi che non potevo onorare il mio debito e che avrei lavorato per lui fino a raggiungere la somma di cinquanta dollari che gli dovevo.

Si rimise il fez e mi rispose con aria offesa che lui era un uomo molto pio e praticante, che osservava sempre scrupolosamente tutti i precetti della nostra religione; mi disse che uno di quei doveri era quello di aiutare i bisognosi e che quindi non gli dovevo nulla. Poi sospirò, si guardò in giro furtivamente, si versò un bicchierino di acquavite e lo bevve in un sorso.

Andai a trovare Yves. Mi guardò a lungo, e mentre mi scrutava gli tremavano le mani. Uscì da dietro il suo bancone e andò a chiudere la serranda del negozio. Si tolse il solito grembiule blu, che portava tutti i giorni al lavoro, si sedette su uno sgabello, mi guardò ancora e si pulì gli occhiali.

«Cosa ti hanno fatto?» sussurrò poi.

Rimasi in silenzio a lungo, tra quell'odore forte di spezie e carrube e zucchero.

Non sapevo come dirlo.

«Non lo so» risposi infine. «È che non capisco perché solo io, tra tanti, sono tornato vivo.»

CAPITOLO 15

Della Talia conobbi solo l'ospedale, il Centro dove mi avevano tenuto rinchiuso un mese e il filare di viti dove avevo dormito in una notte di luna piena.

Al Centro mi aveva accompagnato Jean, riparandomi alla meglio sotto l'ombrello che si era fatto prestare al posto di Polizia. Avevamo dovuto attraversare tutto il paese ed eravamo arrivati comunque zuppi.

Il Centro era un largo edificio a un solo piano, con il tetto piatto, malamente tinteggiato e macchiato di umidità. Sembrava fatto di cartone. Su tre lati era circondato da un alto muro e davanti era chiuso da una cancellata che sembrava quella della fabbrica delle ciminiere.

Oltre la cancellata si vedeva un grande cortile di cemento invaso dalle pozzanghere dell'ultimo acquazzone. Sui muri opposti qualcuno aveva tracciato con la vernice i contorni di due porte da calcio, e c'era anche una rete da pallavolo malamente attaccata ai suoi sostegni che pendeva moscia nella pioggia.

Per la maggior parte, le finestre che si affacciavano sul cortile avevano le sbarre.

Un guardiano in divisa ci venne ad aprire il cancello. Parlò con Jean che gli diede i documenti firmati dal poliziotto. Il guardiano se li mise in tasca senza neanche guardarli.

«Resterai qui per un po' di tempo» mi spiegò Jean.

«Perché mi mettete in prigione?» chiesi. Ero sicuro di non aver fatto niente di male.

«Non è una prigione» disse Jean. «È un Centro.»

«Posso uscire?»

«No.»

«Allora è una prigione.»

«Buona fortuna» disse Jean.

Non lo vidi nemmeno allontanarsi.

Il guardiano chiuse subito il cancello con delle pesanti chiavi, mi prese per un braccio, mi accompagnò dall'altra parte del cortile schivando le pozzanghere, e mi assegnò una camerata e una branda.

Era uno stanzone con trenta letti doppi, di quelli uno sopra l'altro, tutti occupati da uomini che se ne stavano là, a dormire o a non far niente, e che neanche si girarono a guardarmi quando entrai.

Il guardiano mi assegnò l'ultimo letto, vicino a una porta che, a giudicare dall'odore, dava sulle latrine. Mi diede materasso, cuscino, lenzuola di carta, coperte, un asciugamano, sapone.

Mi tolsi gli abiti bagnati e li stesi ad asciugare sulla testiera del letto. Mi avvolsi nella coperta perché non c'era riscaldamento e l'umidità mi mordeva le ossa. Avevo voglia di sole. Avrei avuto bisogno di sole per tutta la vita, per asciugare il mare che avevo dentro. Feci il letto. Non avevo mai visto delle lenzuola di carta, scricchiolavano, frusciavano, ed ero sicuro che si sarebbero strappate.

Mi sdraiai a fissare il soffitto.

A un certo punto, dal movimento, capii che era ora di cena. Seguii gli altri fino al refettorio. C'erano decine di tavoli di plastica e molto rumore. Saremo stati centocinquanta almeno, c'erano anche molte donne con i bambini.

Tutti scampati al mare, in un modo o nell'altro, e in attesa di essere rispediti a casa.

Clandestini, immaginai. *Come me.*

Continuavo a non capire che cosa fosse un clandestino.

Mi guardai attorno: eravamo quelli fortunati, che ne erano usciti vivi.

Mi misi in coda a una lunga fila: passavamo davanti a un tavolone, dove ci davano un vassoio di plastica con delle porzioni di cibo già impacchettate e confezionate e delle posate anch'esse di plastica.

Girai per lo stanzone con il vassoio in bilico, trovai posto a un tavolo, provai a mangiare.

Sembrava pollo.

Continuavo a pensare: *Siamo quelli fortunati.*

Il mio vicino era un uomo sdentato che mangiava di gusto.

«Sei nuovo?» mi chiese.

Feci segno di sì.

«C'è la televisione» mi informò.

Andai subito a dormire.

Nei giorni seguenti imparai a conoscere la vita del Centro: i più pratici mi spiegarono che ci tenevano là, in attesa di rimandarci a casa.

«Quando?» domandai.

«E chi lo sa?»

Nel frattempo non avevamo niente da fare. Se c'era bel tempo stavamo in cortile a prendere il sole, a gironzolare, a stendere il bucato, a giocare a calcio.

Provai un paio di volte a cimentarmi con il pallone ma non ero un granché come calciatore; dopo poco nessuno mi volle in squadra, così me ne rimanevo seduto con la schiena contro il muro a guardare gli altri giocare. Correvano, gridavano, entravano duro, ogni tanto si fronteggiavano, petto contro petto, muso contro muso, come se fosse stata una cosa importante. Era un modo come un altro, immagino, per ingannare la noia, la rabbia e la delusione.

Gli uomini tendevano a fare gruppo a seconda della nazionalità: gli algerini stavano con gli algerini, gli egiziani con gli egiziani. Poi c'erano quelli che venivano da paesi lontani che non avevo mai sentito nominare.

C'erano arabi della costa e dell'interno; c'erano quelli che venivano dall'Africa, dai paesi oltre le sabbie, ed erano neri come il carbone e – certi – strani e selvatici; c'erano quelli che arrivavano da ancora più lontano, dall'Asia, dall'India, dal Bangladesh, da un'isola remota chiamata Ceylon – o almeno credo che questi fossero i nomi: era difficile capirsi con loro.

Erano paesi che non conoscevo, tranne l'India: sapevo che era molto lontana, che c'erano le tigri e che lì la gente viaggiava sugli elefanti – il maestro di scuola ci aveva fatto vedere dei disegni una volta: c'erano degli uomini che viaggiavano sulla groppa di un elefante e le tigri che li attaccavano – e c'erano anche dei re molto potenti in India, vestiti di seta, che si chiamavano maharàjah, o qualcosa del genere.

Mi chiedevo come fossero arrivati in quel pezzo di Talia dall'India e quanto mare avessero attraversato e quanta paura avessero vissuto.

Ognuno aveva una storia e la raccontava continuamente a chiunque fosse disposto ad ascoltarlo. Ogni tanto un uomo cominciava a parlare, all'ombra del muro di recinzione: all'inizio sembrava borbottare da solo, e le sue parole se le prendeva il vento, ma poi altri gli si radunavano attorno ad ascoltarlo, qualcuno si sedeva sul cemento polveroso, e lui raccontava nella sua lingua, aiutandosi con qualche parola di francese o di inglese o solo con ampi gesti espressivi delle mani e del viso.

Non era difficile capirli: l'attesa, la nave, la tempesta.

Oppure qualcuno ti si avvicinava, ti salutava, ti augurava buona fortuna, ti prendeva sottobraccio, si batteva il petto e diceva: «Io vengo da», e ti guardava dritto negli occhi e ogni tanto ti toccava un braccio o una spalla – leggermente, per richiamare la tua attenzione. Tu facevi segno di sì con la testa.

Le storie si assomigliavano tutte: la povertà, la fame, la malattia, la disperazione.

Un giovanotto alto e magro, che veniva dal Senegal e indossava una bella camicia colorata, sopravvissuta chissà come al viaggio, aveva già provato tre volte a entrare in Talia e una volta anche in Francia. Ogni volta l'avevano rimandato indietro perché clandestino; ogni volta aveva rifatto il viaggio e affrontato di nuovo il mare e le strade e le città sconosciute. L'anno prima era riuscito a rimanere in Talia per più di sei mesi, e aveva lavorato.

«E com'era il lavoro?»

«*Mauvais.*» Cattivo.

Raccoglieva pomodori.

Gli disi che non mi sembrava un cattivo lavoro e che non era peggio che uscire in mare con il buio.

«*Mauvais*» ripeté. «Ci facevano lavorare dall'alba al tramonto, chini sotto il sole dell'estate. Potevamo prendere tre sorsi d'acqua in tutto il giorno, neanche fossimo bestie. Dovevamo riempire di pomodori certe cassette e per farlo ci davano pochi centesimi a cassetta. Il sorvegliante girava per il campo con in testa un vecchio cappello di paglia e diceva: "Lavora, negro, o ti rimando a casa tua".

«*Travaille, travaille.*

«Dormivamo in una vecchia stalla e per mangiare dovevamo arrangiarci da noi. Avevamo sempre fame e male alla schiena e alle spalle, e dopo alcuni giorni non riuscivamo più a stare chinati e a sollevare le cassette. Erano pesanti, e il sole era duro e forte, quasi più che al mio paese.

«*Travaille.* Io ho lavorato, ma mi hanno rimandato a casa lo stesso.»

«E allora perché torni?» gli chiesi.

Allargò le braccia, scosse la testa e se ne andò.

Sentii altre storie di cattivo lavoro. La maggior parte, a dire il vero.

Mi parlarono di cantieri e di persone che vi erano morte, cadendo dall'alto. Quello era successo anche al mio paese, dove un uomo – di cui non conosco il nome – si è spezzato entrambe le gambe cadendo, e adesso vive immobile sul terrazzo di casa, affidato alla pietà dei figli.

Ma era diverso, non saprei spiegarvi il perché.

Mi parlarono di pochi soldi e di tanta fatica.

Tutti avevano avuto la loro fabbrica e il loro veleno chimico – mi sembrava – anche se si chiamava in maniera diversa.

Dopo qualche giorno avevi l'impressione che ci fosse un'unica storia, in realtà, e che ognuno, dopo averla ascoltata, la raccontasse di nuovo a modo suo, aggiungendo qualche particolare, ambientandola in un altro paese, dandole altri colori e altri profumi.

Ma era sempre la stessa.

Smisi di ascoltare.

Non volevo sentire più le loro storie e non volevo raccontare la mia.

Forse mi avrebbe fatto bene liberarmi l'anima, sfogarmi, dire a qualcuno di quella notte e quel giorno nella tempesta e del buio e della nave affondata e dei morti e di tutto, ma non potevo e non volevo. Non so perché.

Non potevo.

Forse perché io ero rimasto vivo.

Era il mio segreto. Forse avrei potuto parlarne una notte con la donna che la fortuna e la sorte mi avrebbero messo accanto.

Ammesso che avessi un futuro.

In quel momento no.

I giovani si mescolavano e stavano assieme più facilmente degli adulti, così provai qualche volta a unirmi a loro. Ma mi guardavano con diffidenza e curiosità: con i miei capelli bianchi e le pelle rugosa nessuno credeva che avessi quindici anni.

Molti di loro avevano strani affari: non so come facessero, ma circolavano bottiglie di birra e di vino, nascoste in sacchetti di carta marrone, e pacchetti di stagnola che cambiavano velocemente di mano.

Mi fecero vedere un uomo che imparai subito a riconoscere, un tipo rozzo, con la pelle butterata dal vaiolo e l'aria pericolosa, che girava per il cortile come se fosse stato il padrone.

Tutti lo trattavano con grande rispetto. Si diceva che fosse uno scafista, in realtà, uno Squalo insomma, che era stato ripescato con quelli del suo carico dopo il naufragio e che aveva finto di essere uno come gli altri, per evitare la galera.

«E nessuno lo denuncia?» chiesi.

Mi fecero segno: "Sei matto? Sta' zitto!"

In qualche modo aveva salvato dal mare un mucchio di soldi – si diceva – e usciva tutte le sere, se voleva, e faceva i comodi suoi. Era a lui che ti dovevi rivolgere se volevi alcool o altre cose, e anche se volevi andartene per sempre da quel posto.

«Perché, si può?» chiesi.

«Tutto si può» mi risposero con aria furba. «Basta pagare.»

C'erano anche le donne e i bambini – molti avevano viaggiato con la famiglia. Avevano i loro dormitori separati e si vedevano poco. Nel tardo pomeriggio i mariti attraversavano il cortile, andavano all'ingresso del loro alloggio, chiedevano alla sorvegliante e potevano stare con loro, parlare con la moglie e accarezzare i bambini come sulla soglia di casa e poi andare in mensa tutti assieme.

Ma quella non era casa, per nessuno.

Ci annoiavamo, non sapevamo cosa ne sarebbe stato di noi, diventavamo nervosi e irascibili. Quasi ogni giorno scoppiava una rissa.

I dormitori venivano puliti ma erano sempre sporchi, le latrine puzzavano, il cibo era insipido, strano, come se fosse fatto di niente.

Di notte nel dormitorio c'era rumore, gente che parlava, che bisbigliava, che entrava e usciva in continuazione sbattendo la porta. C'erano quelli che tutta la notte camminavano avanti e indietro e sembravano non dormire mai. Chissà quali erano i loro pensieri.

Da fuori, dalla strada, rimbombavano i motori delle motociclette dei ragazzi del paese che illuminavano con i loro fari le grate delle nostre finestre. Continuavano a passare e ripassare fino all'alba, chissà perché.

Ci si abitua a tutto, e io finii con l'abituarmi a quei rumori, alla puzza, allo sconforto. Dormivo un sonno pesante e senza sogni, avvolto nelle mie scricchiolanti lenzuola di carta.

Dopo una settimana – o forse erano passati dieci giorni (si perdeva il senso del tempo in quel posto) – venni svegliato da un'esplosione. Rotolai giù dal letto, inciampai fino alla finestra, nel buio, e feci in tempo a vedere, attraverso le sbarre, delle fiamme che per un attimo lampeggiarono sopra il muro di cinta e un breve fumo nero che ristagnò per qualche minuto nel chiaro della notte, fino a quando la brezza non se lo portò via.

Il mattino dopo ci dissero che qualcuno aveva lanciato una bottiglia incendiaria piena di benzina. I ragazzi delle moto, probabilmente.

«Ma perché?»

«Vogliono che ce ne andiamo.»

Non capivo. Eravamo là per andarcene, no? Ci avrebbero cacciato via, no?

Chiesi anche ad altri. Nessuno sapeva bene.

Mi isolai, stavo quasi sempre per conto mio, ormai.

Non avevo un futuro e cercavo di non pensare al passato. Galleggiavo, come avevo fatto in balìa delle onde.

L'estate era davvero finita: in mare c'era burrasca, il vento portava raffiche di pioggia salata e il cielo era grigio.

Rabbrividivo nel mio giubbotto leggero.

Nei giorni di pioggia, sempre più frequenti, ci radunavamo tutti in un camerone, che chiamavano Sala di Ricreazione. Avevamo a disposizione le carte e dei giochi da tavolo che non conoscevo. Nell'angolo c'era anche un grande televisore.

Ebbi così occasione di vedere la televisione taliana, di cui mi avevano tanto parlato i ragazzi del paese. Vidi una partita di calcio, ma non conoscevo le squadre per cui mi fu difficile appassionarmi e fare il tifo; vidi anche qualche altro programma.

Naturalmente non capivo niente di quello che dicevano. Alcune immagini, però, le trovai offensive.

Una notte mi svegliarono e mi dissero ridendo: «Vieni a vedere».

C'erano molti uomini e anche ragazzi ammassati in Sala

Ricreazione, davanti alla TV. Non c'era una sedia libera e molti stavano in piedi. Tutti ridevano e fischiavano, sudati ed eccitati, e facevano commenti a voce alta incitandosi l'un con l'altro.

Qualcuno – capii – trascorreva là tutte le notti.

Non vi dirò cosa intravvidi sullo schermo, attraverso quella barriera di teste e la coltre spessa di fumo di sigarette.

Me ne andai quasi subito.

Non volevo giudicare un paese diverso dal mio e di cui non sapevo nulla, ma mi tornarono in mente le parole di mia madre che diceva che quei paesi al di là del mare erano sporchi come le ciminiere della fabbrica.

Ebbi l'impressione che ci stessimo sporcando anche noi.

I giorni trascorrevano in quel modo.

Non sapevamo cosa sarebbe stato di noi, per quanto tempo saremmo dovuti rimanere là, se e quando ci avrebbero mandati via. Certe volte sembrava che saremmo rimasti per sempre, i giorni erano tutti uguali, solo l'aria cambiava e diventava più umida e fresca.

Quel posto non era né casa né Talia.

Non era niente.

Qualcuno si rifugiava nella preghiera.

Potevo vederli a tutte le ore aggirarsi dentro al Centro, in cerca di un angolo pulito e tranquillo. Ma non ce n'erano.

Allora si accontentavano di un po' di isolamento, in un corridoio, nel poco spazio tra una branda e l'altra, in un angolo del cortile meno frequentato degli altri: stendevano a terra come tappeto da preghiera un asciugamano consumato, si inginocchiavano con la faccia rivolta al muro, cercando di indovinare da che parte fosse la Mecca e si chinavano a toccare con la fronte quel cemento logoro e crepato mentre i primi venti freddi scompigliavano loro i vestiti.

Pregavano per ore e quello – immagino – li aiutava a tirare avanti.

Io non ne ero capace.

CAPITOLO 16

Quasi ogni mattina, dopo colazione, i poliziotti arrivavano accompagnati da Jean o da qualche altro interprete. Facevano il giro delle camerate, chiamavano dei nomi, radunavano uomini e donne in cortile, nel vento, e li portavano via.

«Li rimpatriano» mi dissero.

«Cosa vuol dire?»

«Che li mandano a casa.»

«Perché?»

«Sono clandestini.»

Era il destino che aspettava tutti. Non capivo nemmeno se avevo voglia di tornare a casa o no.

Cosa farò?, pensavo.

Pensavo ai pesci morti. Poi cercavo di non pensare.

Una sera, per la solitudine, mi unii al solito cerchio dei ragazzi seduti in un angolo rugoso del cortile. Era una notte fredda e senza luna, e strane nuvole bianche si erano impigliate nelle colline. Nessuno parlava. C'era una bottiglia in un sacchetto di carta marrone che girava di mano in mano. Ne presi una lunga sorsata. Mi bruciò la gola e lo stomaco. Ne presi un altro sorso.

«Passa, fratello» disse qualcuno nelle tenebre.

Attesi il giro successivo.

Quella volta bruciò di meno.

Era così scuro che non riuscivo a vedere neanche gli occhi del mio vicino.

Il vento mi mordeva il collo.

Mi venne in mente mio padre e non volevo. Era da tanto che riuscivo a non pensare a lui.

Mi vennero in mente altre cose.

Presi un altro sorso.

Non era una cosa buona, quella, ma niente aveva più importanza ormai.

Mi alzai con le gambe malferme e lo stomaco in subbuglio, attraversai a tentoni il cortile sconnesso, inciampando nelle crepe e nelle erbe selvatiche, e raggiunsi le latrine appena in tempo per vomitare.

Quando sollevai la testa per prendere fiato lo vidi: era un ragazzo nero, all'incirca della mia età, con la testa rasata e gli occhi duri. Lo avevo già notato nei giorni precedenti perché, come me, se ne stava sempre per conto proprio, non dava confidenza e non parlava con nessuno. Sembrava che fosse da solo là al Centro.

Si era tolto la camicia per lavarsi e, alla fioca luce della lampadina che oscillava al vento che entrava dalla finestra spalancata, gli vidi la schiena nuda. Fu un attimo, poi chiusi gli occhi, per il rispetto e l'orrore.

Quando li riaprii, si era rivestito e si stava dirigendo all'uscita.

Non l'avrei mai fatto in condizioni normali. Avrei rispettato il suo segreto, il suo dolore e la sua solitudine. Ma ero solo anch'io e senza conforto e avevo nell'anima le stesse rosse, gonfie e paurose cicatrici che attraversavano dall'alto in basso la sua schiena.

E poi ero ubriaco, per la prima volta in vita mia, e abbastanza disperato da essere disposto a fare qualunque cosa.

«Cos'è stato?» gli chiesi.

Lui si fermò. Potevo vedere nella luce incerta le spalle robuste che gli tremavano.

Mandami al diavolo, pensai. *Dimmi che sono affari tuoi e che la cosa non mi riguarda*.

Avevo giurato che non volevo più sentire la storia di nessuno e invece stavo cercando di costringere quel ragazzo sconosciuto a violare la sua riservatezza.

Si girò.

Prendimi a pugni, me lo merito, pensai.

Mi guardò a lungo. Chissà cosa vide in me. Ero ancora pallido, confuso e barcollante per la sbronza.

«*La guerre*» disse.

La guerra.

Non so quante ore rimanemmo a bisbigliare nel fetore umido delle latrine, con il vento che ogni tanto spingeva all'interno, attraverso la finestra, una manciata di pioggia. In fin dei conti, una latrina è un posto come un altro per confidarsi una vita. Probabilmente era il posto più adatto per quello che Baptiste mi raccontò nel suo cattivo francese, quasi peggiore del mio.

So che albeggiava, un'alba livida e strana, quando ci separammo, stanchi, un po' imbarazzati, con gli occhi rossi. Avevo l'anima persa, e la testa mi faceva male per l'alcool.

Al mio paese c'erano la fabbrica, i pesci morti e quell'aria di povertà che spingeva ad andare al di là del mare a cercare fortuna, ma la guerra no. La guerra c'era stata, molti anni prima che io nascessi, ma ormai era un ricordo lontano e sbiadito di cui ogni tanto parlavano i vecchi, con un certo orgoglio addirittura – se si può essere orgogliosi di una guerra – perché era stata la guerra di indipendenza.

«Ah» dicevano «gliel'abbiamo fatta vedere.»

Si sa come sono i vecchi.

Il paese di Baptiste era giù, nel centro dell'Africa, molto

lontano dalle sabbie, là dove ci sono le foreste eterne e le piogge e le savane.

«Cos'è la savana?»

«Una prateria.»

«Cos'è una prateria? E cosa sono le foreste eterne? Io conosco il mare e le sabbie.»

«Io non conoscevo il mare prima... prima di...»

Al paese di Baptiste c'era la guerra.

«Da quando?»

«Da sempre.»

«E perché?»

«Non lo so. Nessuno lo sa, credo.»

Ricordo ancora la sua voce roca che sembrava non volergli uscire dalla gola e le sue mani grosse e screpolate, da adulto, e la luce della lampadina che gli batteva sul cranio rasato, anche quello coperto da una ragnatela di segni e cicatrici.

Parlava senza guardarmi.

«Il fuoco. C'erano sempre il fuoco e le fiamme. Ogni tanto arrivavano attraverso la savana. Potevamo sentire da lontano il rombo dei motori che si avvicinavano e l'erba che fremeva come per il vento. Avevano camion e furgoni scoperti con le mitragliatrici.

«Li ascoltavo che si avvicinavano nel nero della notte e avevo paura. Paura.

«*Maman* mi diceva: "Raduna i tuoi fratelli e le tue sorelle". Poi scappavamo nel buio, portando le nostre cose legate in grandi fagotti, che *maman* teneva sempre pronti accanto al letto, e spingendo davanti a noi le capre e il bue che muggiva. Questo prima che ce lo ammazzassero.

«Dovunque nella notte c'erano famiglie che scappavano: alcune le ritrovavi il giorno dopo, altre no.

«Dietro di noi sentivamo il crepitare delle mitragliatrici e il *bum bum bum* dei fucili e, alte nel cielo nero, vedevamo le fiamme che bruciavano il villaggio.

«Papà diceva: "Non giratevi". Scappavamo nella foresta. Il giorno dopo il cielo era ancora grigio di fumo e il vento portava la cenere.

«Una volta restammo nella foresta una settimana. Mangiavamo frutta e bacche, bevevamo l'acqua che si raccoglieva in grandi foglie. C'erano insetti e serpi, la foresta si muoveva tutta, non mi piaceva stare lì dentro.»

«Chi erano?»

«*Sais pas.* Non lo so. Erano come noi, sembravano come noi. Una volta vennero dal villaggio vicino e molti li conoscevamo. Mio padre aveva comperato bestiame da alcuni di loro soltanto il mese prima. Ma vennero da nemici, cupi, cattivi, con i fucili e i machete.»

Quando gli chiesi cosa fosse il machete, Baptiste si irrigidì e stette a lungo in silenzio.

Dal cortile ci giunsero le voci dei ragazzi che stavano ancora seduti in cerchio a bere e a tirare mattina. Da qualche parte, in una camerata, c'era una donna che gridava, forse nel sonno.

Percepivo tutto: il frusciare degli alberi là fuori, il gocciolio dei rubinetti, perfino il rumore di una farfalla notturna che sbatteva contro i vetri.

Pensavo alla schiena di Baptiste.

«Un coltello» mormorò «un grande, spaventoso coltello.»

«Quante volte siete scappati?» gli chiesi.

«Quante? Non so. Sempre. Siamo sempre scappati.»

Mi disse che l'ultima volta erano arrivati di giorno, a piedi, strisciando al riparo dell'erba alta della savana. Il sole era forte quel pomeriggio e il cielo pulito, limpido e trasparente fino all'orizzonte, dove si alzava il profilo delle montagne lontane.

Baptiste stava sgranando le pannocchie con due delle sue sorelle più piccole. Sentiva il fresco dei grani di mais scorrergli tra le dita e pensava che un giorno avrebbe voluto arrivare lontano, magari fino alle montagne laggiù. Stava ascoltando distratto il chiacchierio delle bambine quando, all'improvviso, aveva visto un grande stormo di quaglie alzarsi dalle erbe della savana, tutte assieme, di colpo, e quella non era una cosa normale.

C'era un'unica spiegazione a quello strano comportamento: dei predatori si stavano avvicinando.

Aveva capito.

In quel momento, mi confidò Baptiste, aveva visto la sua morte, come io avevo visto la mia dalla prua della barca all'alzarsi della burrasca.

Erano usciti urlando dall'erba, come diavoli, i machete stretti nelle mani.

Non gli chiesi che fine avesse fatto la sua famiglia: lo sapevo. Né cosa avesse martoriato la sua schiena, né come avesse fatto a salvarsi.

Il giorno dopo, mormorò, erano arrivati degli uomini bianchi, con la barba, che si facevano chiamare Padri; l'avevano raccolto, portato in un posto e curato per lungo tempo.

O, almeno, così gli avevano raccontato.

Lui ricordava poco di quel periodo.

Ricordava che si svegliava urlando di notte, ma non era il solo a farlo. Ricordava che ogni tanto arrivavano le camionette con la mitragliatrice montata sul cassone: i Padri uscivano tutti davanti al portone e parlavano a lungo, e ogni volta non si sapeva se quegli uomini se ne sarebbero andati o no. Ricordava che gli davano una tazza grande di latte ogni mattina.

Poi, dopo molto tempo, li avevano raggruppati, prima dell'arrivo della stagione delle piogge, e li avevano affidati a un uomo che chiamavano Guida.

Dovevano raggiungere la costa per prendere una nave e andare in un paese in cui non c'era la guerra.

«E poi?» avevano chiesto ai Padri.

«Poi sarà quello che Dio vorrà.»

Avevano camminato quattro settimane, forse di più, spostandosi solo di notte per sfuggire agli uomini delle camionette, mangiando quello che trovavano, lasciando per strada i più deboli e anziani.

Avevano raggiunto la costa, alla fine, e il mare, che Baptiste vedeva per la prima volta dalla cima di una collina. Gli era sembrato una meraviglia grande e, quando aveva respirato il suo strano odore, gli si era stretto il cuore.

Disse proprio così: *Una meraviglia grande.*

«Io sono cresciuto sul mare» mormorai.

Avevano atteso ancora qualche giorno, poi era arrivata una nave. Dovevano andare in Francia, li avevano sbarcati in Talia.

Non c'era altro da dire.

Avevo pensato di raccontare anch'io la mia storia a Baptiste, ma in quel momento mi sembrò una povera cosa in confronto alla sua.

Era quasi l'alba e gli uccelli avevano cominciato a cantare. Si sentivano i gabbiani urlare sopra il porto.

Il cielo schiariva.

«E adesso, cosa farai?» gli chiesi.

«*Sais pas*» rispose.

Non so. Nessuno di noi lo sapeva.

Ci separammo dicendoci a malapena ciao. Eravamo tutti e due imbarazzati. Sapevamo che non ci sarebbe stata un'altra notte come quella.

Due giorni dopo, all'appello del mattino, chiamarono anche il suo nome. Lo misero nel gruppo con gli altri e lo portarono via.

Rimpatriato.

Io lo guardavo attraverso la grata della finestra. L'ultima immagine che ho di lui è quella testa rasata coperta di segni e di cicatrici.

Lui non si girò mai.

Strinsi forte le sbarre fino a sbiancarmi le nocche delle mani. Avrei voluto chiamarlo, dirgli qualcosa.

Il gruppo uscì dal cancello, il traghetto stava già fischiando, giù nella rada.

Ero solo un ragazzo e non pretendevo di capire tutto, ma di una cosa ero sicuro in quella mattina gocciolante d'autunno: stavano mandando Baptiste a morire.

CAPITOLO 17

Una mattina scoppiò la rivolta.

Fu una rivolta spontanea, nessuno la organizzò, ne sono sicuro. Non ne avevo sentito parlare nei giorni precedenti ed era difficile – in quella situazione in cui tutti eravamo obbligati a vivere uno a fianco all'altro, giorno e notte – preparare qualcosa in segreto senza che non si venisse a sapere subito.

Ricordo che anche la sera precedente era trascorsa come tutte le altre, nel torpore, nell'apatia, nel frastuono della televisione a tutto volume.

La rivolta scoppiò senza un vero motivo, credo: fu per la rabbia – secondo me – per la noia, per fare qualcosa. Del resto, non è che avessimo precise richieste: ognuno di noi la pensava a modo suo, ognuno aveva le proprie speranze e le proprie paure.

La maggior parte di noi, in realtà, non pensava proprio a niente e non voleva niente. Ci avevano fatto capire fin troppo bene che era inutile.

Era una giornata di vento forte e teso che aveva fatto volare ai quattro angoli del cortile i nostri stracci stesi ad asciugare; era un vento che aveva urlato tutta la notte e che adesso trascinava nuvole gonfie e nere verso il mare. Il cielo era livido e basso, sembrava che i muri del Centro sudassero acqua.

Mi ero svegliato e c'era già un'aria di sfida in giro, una voglia di non sopportare più, di farsi finalmente sentire, come se tutti avessero avuto la stessa visione in sogno.

I primi battibecchi con le guardie erano cominciati subito, a colazione.

È il vento, pensai. Mamma diceva sempre che il vento attraversa l'anima degli uomini e non si può mai sapere come la cambia. Quanti sono impazziti al vento caldo del deserto?

«Basta» aveva detto qualcuno. «Ce ne andiamo.»

E altri avevano ripetuto: «Ce ne andiamo, ce ne andiamo». Poi avevano cominciato a battere ritmicamente contro il bordo del tavolo con le grosse scodelle di metallo in cui ci versavano il tè o il caffelatte. Battevano anche le donne e i bambini, e i bambini si divertivano molto.

«Smettetela» gridavano le guardie. «Smettetela.»

Quasi nessuno fece colazione. Le donne e i bambini rientrarono nei loro alloggi, noi uscimmo tutti in cortile nonostante gli scrosci improvvisi di pioggia. Stavamo là, eccitati, ma nessuno sapeva cosa fare davvero.

«Ci devono ascoltare» diceva qualcuno.

«Non ci ascolteranno mai. Al cancello, al cancello.»

«Per andare dove?»

A metà mattina alcuni uomini, tra i più agitati, si radunarono in mezzo al cortile, dove rimasero quasi un'ora a fumare e a parlare fitto. Ogni tanto qualcuno alzava la voce. Sembrava che non riuscissero a mettersi d'accordo.

All'improvviso si mossero tutti assieme, urlando e minacciando le guardie. Pareva che volessero attaccare il cancello.

In mezzo a loro c'era anche lo Squalo: si era tolto la camicia e, a torso nudo e con aria feroce, la agitava come una bandiera.

Non so cosa sperasse di ottenere, lui.

Un po' alla volta si unirono quasi tutti.

Andai anch'io.

Ero un ragazzo pacifico e buono. Mio padre mi aveva insegnato la pazienza e la sopportazione, e a non usare mai la violenza. Ma quel mattino non volevo sopportare più, avevo voglia di liberare la mia rabbia nel vento, avevo voglia di sfogarmi in qualche modo. E allora entrai anch'io nella ressa, urlai, minacciai, snudai i denti, mostrai i pugni chusi.

Le donne si affacciarono alle finestre, aggrappate alle

sbarre, e cominciarono a gridare e a incitarci; i bambini si mescolarono alla confusione.

I sorveglianti fecero gruppo e si rifugiarono all'esterno, dietro il grande cancello.

«Sono impazziti» dicevano.

Erano pallidi in faccia.

Tirammo loro addosso di tutto: bottiglie, lattine, avanzi di cucina. Qualcuno aveva trovato da qualche parte una leva di ferro e stava disselciando il cortile per ricavarne sassi da lanciare. Entrammo nelle camerate, trascinammo all'esterno letti, coperte, suppellettili, qualsiasi cosa, e facemmo un mucchio in mezzo al cortile.

«Bruciamoli! Bruciamoli!»

Portammo bracciate di quelle odiose lenzuola di carta arraffate in un magazzino.

«Fuoco! Fuoco!»

Che cosa volevamo, chi lo sa?

Volevamo tornare a casa nostra.

Volevamo rimanere lì, in Talia, perché avevamo speso tutti i soldi e molti si erano indebitati per quel viaggio a cui avevamo affidato le nostre speranze e le nostre illusioni, perché avevamo rischiato la vita e tanti altri erano morti.

Volevamo un lavoro e una vita come i taliani e bere birra come loro e vedere quegli spettacoli alla televisione di notte.

Non volevamo morire per il loro cattivo lavoro.

Non volevamo diventare taliani, volevamo che ci lasciassero in pace, che ci lasciassero vivere a modo nostro, con le nostre preghiere e i nostri ridicoli vestiti e le nostre usanze.

Non lo sapevamo cosa volevamo ma non importava a nessuno in quel momento.

«Fuoco!»

Qualcuno provò più volte, con fiammiferi e accendini.

«Accendi! Accendi!»

Ma c'era troppo vento per accendere qualcosa e fu un bene. Non so cosa sarebbe successo altrimenti.

Sentimmo avvicinarsi le sirene e arrivarono due camionette della polizia. Ne scesero decine di agenti con i caschi, gli scudi e dei lunghi bastoni.

Circondarono il Centro.

Eravamo più di loro.

Gridammo ancora più forte e li bersagliammo con i pezzi di cemento strappati al cortile. Qualcuno era riuscito ad arrampicarsi sul muro di cinta.

Vedemmo farsi avanti un poliziotto, un ufficiale probabilmente, che parlava con un microfono: la sua voce era diffusa da un altoparlante, le sue parole, però, se la portava via il vento. Ma tanto non avremmo capito niente lo stesso, anche senza quell'interferenza.

Cominciò a piovere a dirotto, l'ufficiale che era a testa nuda aveva i capelli appiccicati al cranio e il viso rigato dall'acqua.

L'altoparlante fischiava. Anche noi avevamo gli occhi pieni di pioggia e i vestiti fradici.

«Vuole che rientriamo» spiegò qualcuno che capiva qualche parola di taliano.

«Stiamo qua, stiamo qua!»

Poi vidi che il microfono passava nelle mani di Jean e lui ci spiegò, prima in arabo e poi in francese, che andava tutto bene, che dovevamo rientrare nelle camerate e che saremmo stati accontentati.

Accontentati in cosa? Non avevamo chiesto niente.

Bersagliammo anche lui fino a quando se ne andò.

Ci lasciarono sfogare un paio d'ore, tra gli scrosci di pioggia che andavano e venivano e il vento che ci gelava le magliette sulla schiena. Noi dentro, loro fuori a fronteggiarci attraverso le sbarre del cancello.

Inveimmo e gridammo. Qualcuno – che Dio nella sua misericordia lo perdoni – bestemmiò.

Restammo senza voce.

Gocciolava appena. Il vento crollò di colpo.

Sentimmo due colpi secchi come spari e in mezzo al cortile piovvero due tubi da cui uscì un fumo bianco e denso che ci bruciò la faccia, gli occhi e la pelle, facendoci lacrimare. Ci rifugiammo all'interno degli edifici a tentoni, tossendo, ciechi, ma il fumo entrava anche là e non si poteva resistere. Raggiungemmo i bagni e cacciammo la testa sotto l'acqua. Gli occhi mi rimasero rossi e gonfi e doloranti per due giorni.

Il fumo si disperse lentamente, tutti ci coprivamo la faccia con asciugamani bagnati. Un'ora dopo i sorveglianti rientrarono scortati dalla polizia ed era tutto finito.

C'era solo quel cattivo odore nell'aria ma entro sera anche quello era sparito.

Non ci fecero niente, non ci furono punizioni.

Alla spicciolata, un po' alla volta, ritornammo in cortile, rimettemmo assieme le brande sconquassate, raccogliemmo i materassi anneriti, i cuscini fradici e ci preparammo il letto per la notte con le lenzuola di carta.

Dovevamo ben dormire, anche se all'umido!

La sera in mensa non se ne parlava neanche più.

La rivolta si spense senza nessun motivo, così come era cominciata.

Ritornò la solita apatia.

Alcuni giorni dopo due giovani eritrei, secchi e magri, mi dissero che non era difficile scappare dal Centro, che c'era un punto in cui il muro si poteva scavalcare facilmente e che ai sorveglianti non importava un bel niente.

Mi dissero che c'erano degli scafisti taliani, giù all'imbarcadero, che potevano portarci in Talia – quella vera, non quel buco di isola – e che una volta in Talia nessuno ci avrebbe più trovato, perché era troppo grande, e saremmo potuti rimanere lì per sempre.

«Non ho più soldi» risposi.

Mi spiegarono che quei tizi non volevano soldi per il viaggio e che anzi ci avrebbero trovato anche un lavoro, in Talia; mi dissero che c'era già chi ci stava aspettando e che li avremmo pagati poi, con il nostro lavoro.

Non so se me lo chiesero per simpatia o perché sembravo il più sciocco di tutti. Ma ero sicuro che a convincerli fosse stato lo Squalo che anche là dentro, si vede, continuava il suo lavoro di sangue.

Risposi che volevo solo tornare a casa mia.

«Peggio per te» mi dissero.

Li seguii, comunque, di nascosto, e vidi in che punto scavalcavano il muro assieme ad altri tre uomini che, evidentemente, si erano fatti convincere. Attesi mezz'ora e feci come loro.

Non era difficile, in effetti.

Era un po' prima di mezzanotte. Mi avviai verso il paese, camminando piano sul ciglio erboso della strada illuminata da pochi lampioni e respirando l'aria libera e profumata che scendeva dalle colline.

Non c'era un filo di vento quella sera.

Il paese dormiva, c'era un grande silenzio rotto solo dall'abbaiare dei cani che si chiamavano di cortile in cortile. Non incontrai nessuno, solo in qualche casa, aggrappata alle colline scure, brillava ancora una luce o il bagliore della TV.

Giunsi in piazza. I locali dell'estate erano chiusi, i tavolini e le sedie all'aperto dei caffè erano legati assieme da sottili catene fermate da un lucchetto.

Mi arrivò l'odore del mare che si mescolò a quello delle colline: era un odore di sale ed erbe, di acqua e terra.

Non avevo mai visto il paese vecchio: le strade erano strette, lisce, antiche come da noi e sapevano di buono e di antico. Erano fatte di larghe pietre e lastroni consumati dal tempo e dal silenzio degli uomini che le avevano calpestate.

Ne imboccai una che saliva verso le colline. Prima era una lenta scalinata, poi diventò un viottolo sterrato orlato di erbe aromatiche e cespugli.

Continuai a salire e mi trovai tra le vigne.

C'erano rimaste solo le foglie, ormai gialle e appassite, e la terra era morbida e lenta per le piogge. Mi sdraiai in un solco, gli occhi al cielo dove brillavano la luna piena e le stelle e dove c'era come un immenso velo bianco che lo occupava tutto. Quella luce scendeva dritta e pulita e le ombre erano nerissime.

Pensai a mia madre, che danzava attorno ai falò con i campanelli legati alle caviglie, e a mio padre, che dalla barca, nel buio dell'alba, trovava il coraggio di farle un saluto.

Dio! Come doveva essere stato difficile quel semplice gesto!

Sorrisi.

E poi pensai che se fossi rimasto lì, in quella vigna, a contemplare il cielo e a prendere il vento, a zappare e a raccogliere l'uva quand'era la sua stagione, non avrei in alcun modo turbato la pace del posto, né quella del mondo.

Un pensiero sciocco, lo so.

Ma quella non era la volontà degli uomini.

Mi addormentai a poco a poco, sprofondando in quella terra.

Fu la notte migliore che passai in Talia.

Al mattino rientrai al Centro. Nessuno aveva notato la mia assenza o, comunque, a nessuno importava nulla.

Tre giorni dopo ci portarono all'imbarcadero e ci fecero salire su traghetto.

Tornavo a casa.

Sapevo che non avrei mai più seguito la volontà degli uomini.

CAPITOLO 18

Sono seduto davanti a casa.

Questa mattina ho sentito il bramito dei dromedari portato dal primo vento. Sono ancora lontani, non arriveranno prima di mezzogiorno.

Mia madre e le mie sorelle sono già pronte. Io non ho quasi niente da portare con me.

Con il turbante ho coperto i miei capelli bianchi e la parte inferiore del viso. Forse il deserto mi ridarà colore o, forse, nelle notti delle oasi, davanti ai fuochi, parleranno di me come dell'uomo pallido senza volto.

Sto per tornare alle sabbie tra le quali mia madre, bambina, mi ha immaginato, sognato e voluto. È tra le sabbie, in realtà, che è nata la prima idea di me. Ed è tra le sabbie che finirò la mia vita.

Seguirò le carovane, conterò le stelle.

Forse una notte anche il mio cuore batterà ai margini di un falò e troverò anch'io il coraggio di fare un piccolo gesto.

Tra le sabbie si segue la volontà del sole, del vento e dell'acqua di ventre. Volendo, quella di Dio. Nessuno segue la volontà degli uomini.

Ho salutato i vicini e ho regalato loro le nostre quattro cose: un tavolo, le sedie, un paralume, un tappeto.

Mi hanno benedetto nel ricordo di mio padre.

Ho guardato per l'ultima volta il mare nel profondo, senza provare rancore, affondato fino alle caviglie nel tappeto di alghe morte.

Aspetterò queste poche ore.

La Talia è un ricordo che svanirà nel volgere di qualche luna.

È stata poca cosa.

Ma non mi libererò mai dal ricordo di quella notte nella tempesta, di quel buio che esiste solo in mezzo al mare, di quella nave fiocinata allo scoglio e dei morti.

Quel ricordo verrà a cercarmi in qualunque momento, in sella al mio dromedario o nella quiete della mia tenda illuminata.

Ma non importa. Gli uomini imparano a vivere con i propri ricordi.

Ho parlato a lungo con Yves, nel chiuso del suo negozio profumato di vecchie spezie e carrube, guardando il suo volto rugoso e miope senza gli occhiali scomparire lentamente nell'oscurità, mentre la luce del sole lasciava il posto alle tenebre.

Volevo sapere da lui perché solo io fossi rimasto vivo, tra

i tanti, perché solo io avessi ricevuto quella grazia, o quella condanna.

Alla fine lui me lo disse, in un sussurro.

Non lo vedevo quasi più, sentivo solo il respiro della sua voce nel buio e la cantilena del suo accento francese.

Ora lo so.

Solo io sono sopravvissuto per venirvelo a raccontare.

dadamofrancesco@libero.it

3